百花宮のお掃除係
HYAKKAKYU NO OSOUJIGAKARI
8
転生した新米宮女、後宮のお悩み解決します。
町で遭遇した
怪しい2人組。
は——!?

宮女三人衆の
秘密任務が始まる！

百花宮のお掃除係

8

転生した新米宮女、後宮のお悩み解決します。

黒辺あゆみ
イラスト しのとうこ

HYAKKAKYU NO OSOUJIGAKARI

口絵・本文イラスト
しのとうこ

装丁
AFTERGLOW

目次《もくじ》

序章　仕事始め　007
第一章　猫騒動　009
第二章　いざ行かん！　055
第三章　妙な旅人たち　098
第四章　宮城潜入作戦　136
第五章　新人教育　176
あとがき　273

人物紹介

張雨妹　チャン・ユイメイ

看護師だった記憶をもつ元日本人。
生前は華流ドラマにハマっており、
せっかくならリアル後宮ライフを体験したい
という野次馬魂で後宮入り。
辺境の尼寺で育てられていた際に、
自分が現皇帝の娘であるという出生の
秘密を聞かされるが、眉唾と思っていた。
おやつに釣られやすい。

劉明賢　リュウ・メイシェン

崔国の太子殿下。雨妹に大事な
姫の命を救われた恩もあったが、
最近は個人的にも気になって
動向を観察している。
雨妹の好きそうなおやつを見繕うのが
楽しくなってきた。

王立彬　ワン・リビン

またの名を王立勇《リーヨン》という。
明賢に仕える近衛兼宦官で、
近衛のときは立勇、宦官のときは立彬と
名乗って使い分けている。
周囲には双子ということにしている。
権力や地位に興味を示さず気ままに後宮
生活を楽しんでいる雨妹を気に入っている。

陳子良　チェン・ジリャン

後宮の医局付きの宦官医師。
医療の知識も豊富で、頼りになる存在。
雨妹の知識の多さに驚き、
ただの宮女ではないと知りつつも
お茶飲み友達として接してくれている。

鈴鈴　リンリン

明賢の妃嬪である江《ジャン》貴妃に
付いている宮女。
小動物のように可愛らしい。
田舎から出てきた宮女で雨妹よりも
先輩にあたるが、雨妹が手荒れを治す軟膏や
化粧水を作ってくれてからというもの、
後輩のように懐いてきてくれる。

劉志偉　リュウ・シエイ

雨妹の父であり、崔国の皇帝陛下。
かつては武力に長けた君主として
人気を誇っていた。雨妹の母を後宮から
追放することになった事件をきっかけに
その威光を失いつつあったが、
雨妹が後宮入りした頃から英気を取り戻す。

路美娜　ル・メイナ

台所番を務める恰幅の良い宮女。
雨妹によくおやつを作って
持たせてくれる
神様のような存在。

楊玉玲　ヤン・ユリン

後宮の宮女たちをまとめる女官。
雨妹の目と髪の色を見た瞬間に
雨妹の出自に気づき、以降、
それとなく気にしてくれている
面倒見のいい姉御。

明《ミン》

皇帝直属の近衛。
雨妹の母を後宮から
追放してしまったことを悔い、
酒に溺れていた。
痛風を患っていたが無事に回復し、
復帰している。

黄才《ホァン・ツァイ》

佳出身。
徳妃として後宮に住んでいる。
元船乗りだからか、
肝が据わっており豪胆な性格。

黄美蘭《ホァン・メイラン》

佳出身で、黄家の若頭・利民の幼馴染み。
才と同じく徳妃として後宮に住んでいる。
初めは慣れない環境と扱いに
戸惑っているようだったが、
いまや宮女に変装して
釣りをするほど奔放に暮らしている。

許子《シュ・ジ》

後宮で出会った天才琵琶師。
恋人の朱が死んでしまったと思い
自棄になっていたが、
朱が東国から戻ってきて結ばれた。
皇帝の取りなしで、後宮を出て
二人で暮らすことに。

朱仁《ヂゥ・レン》

東国へ戦争に向かい死亡したと
思われていたが、本当は記憶喪失になって
明に拾われていた許の恋人。

序章　仕事始め

春節が終わった。

ここ百花宮《ひゃっかきゅう》でも、今日から新たな年の仕事始めであり、昨日まではお祭り気分で賑《にぎ》やかだったのが、今日は仕事始めのアレコレで賑やかである。

そんな中で雨妹《ユイメイ》たち掃除係は、楊《ヤン》から気合が入った声をかけられていた。

「春節休みの間に仕事が溜《た》まっているからね、休みの余韻に浸っている場合じゃないよ！」

休み気分を若干引きずっている掃除係一同を、楊がジロリと睨《にら》んでいく。

まず急務なのは、あちらこちらからのごみの回収だ。春節休み分のごみなので、きっとたんまりと溜まっていることだろう。ごみ焼き場も、持ち込まれたごみがこんもりと積み上がっているに違いない。ごみ回収も、ごみ焼きも、どちらも今日は大仕事である。

連休明けに仕事が溜まっているのは、前世も今世も同じことらしい。

――うへぇ、大変そう。

こんもりしているごみを想像して、げんなりした気分になる雨妹の周りも、似たような顔になっている。

「嫌なことも、手を付けないと片付かないいんだよ。手際よくやることだね」

楊からそう言われて、雨妹たち掃除係は後宮内に散らばっていくのだった。

第一章　猫騒動

「はぁ～、いつも通りって幸せだなぁ～」

雨妹《ユイメイ》は箒《ほうき》で地面を掃きながら、しみじみとそう一人で呟《つぶや》く。

雨妹たち掃除係は二日ほど、春節の間あちらこちらで溜め込まれていたごみの回収と処理に追われていた。どれだけ回収しても、どれだけ焼いてもごみが減らないという、ごみ処理地獄である。

前世でのごみ回収係の人たちの苦労を、今世になって思い知らされていて、雨妹はなんの感慨もなくごみを出していた前世の自分が申し訳なくなっていた。

――前世の私の子や孫よ、ちゃんとごみ回収の人にお礼を言ってね！

世界を違《たが》えても通じろと、雨妹が空に向かって念を送っていると。

ニャ～ン！

そんな鳴き声が聞こえた。

「猫？」

野良猫がどこかにいるのかと、雨妹がキョロキョロすると、茂みから灰色の毛並みの猫が飛び出してきた。

そして、猫に続いてガサガサと茂みを揺らして飛び出してきた人影がある。

「待って猫ぉ！」

それは、なんと鈴鈴《リンリン》である。

逃げようとした猫を機敏な動きで捕まえた鈴鈴は、猫の脇に手を入れて目の前にブラ～ンと掲げた。

「あー、目の色が違うぅ！　それに灰色だよね、この毛並みって」

そして鈴鈴は何故《なぜ》かガックリと肩を落として、深くため息を吐《つ》く。

その間、鈴鈴の目には雨妹の姿が見えていないらしい。

「お～い、鈴鈴。どうしたの？」

雨妹が恐る恐る声をかけると、鈴鈴はビクッと肩を跳ねさせた。

「あ、雨妹さん⁉　いたんですか！」

やはりこちらの存在に気付いていなかった鈴鈴に、雨妹は苦笑すると、掃除の手を一旦《いったん》止めて歩み寄る。

「ずっとここにいたってば。なになに？　鈴鈴は猫を探しているの？」

「そうなんですよ」

雨妹がそう問うと、鈴鈴は頷《うなず》きながら抱えていた猫を放す。

「ギニャーォ！」

すると猫は「酷《ひど》い目にあった！」と言わんばかりの勢いで、飛び跳ねるようにして逃げていく。

「でも、ここって案外、猫が多いんですねぇ。さっきから無駄にたくさん捕まえているんです」

そう愚痴って「ふはぁ〜」とまたため息を吐く鈴鈴に、「そりゃあねぇ」と雨妹は告げる。

「猫にとって百花宮《ひゃっかきゅう》は、ご飯にありつきやすい場所だろうし」

なにせこれだけの人が集まって暮らす場所なのだから、それだけ多くの生ごみが出るということでもある。だからだろう、百花宮にいる野良猫たちはどれも体格が良い猫ばかりだ。

「で、どんな猫を探しているの？」

雨妹が尋ねると、鈴鈴が胸の前で手を組み、縋《すが》るように見てきた。

「銀色の毛並みの御猫様《おねこさま》らしいんですけど、私は実物を見たことがなくって。雨妹さん、どこかで見かけていませんか？」

鈴鈴のこの必死な様子と、猫に「様」を付けて呼ぶ様子からして、その探している猫というのは、高貴な方の飼い猫なのだろう。それに銀の毛並みとは、明らかにこの崔《サイ》のあたりに生息している猫ではない。異国の、もっと寒い地方の猫だと思われる。

しかし、生憎《あいにく》と雨妹はそんな目立つ猫を見かけたことはない。

「う〜ん、そんな綺麗《きれい》な毛並みの猫は見ていないなぁ。江《ジャン》貴妃の飼い猫なの？」

鈴鈴は太子の貴妃付きなので、当然その主《あるじ》についての問題ごとだろうと思って、雨妹はそう言う。

しかし鈴鈴は困ったように眉《まゆ》を寄せた。

「いいえ、そうではないんですけど……実は事情がありまして」

鈴鈴はちょっと言い淀《いよど》んだものの、誰かに話を聞いてほしくもあったのだろう。周囲をキョロキョロと見渡してから、声をひそめて語り出す。

「探しているのは、恩淑妃《エン》の飼い猫様なんです」

鈴鈴の口から出た言葉に、雨妹は目を丸くする。

――恩淑妃って、あのまだ子どもの御方よね？

雨妹はその恩淑妃と一度だけ会ったことがある。昨年の花の宴の席で会った際には、歳《とし》が十を超したばかりだという、まだ成人にも程遠い年齢のお人であった。しかし子どもであっても淑妃であるので、異国の猫を飼い猫としていてもおかしくはない。どこからかの贈り物としてやってきた猫なのかもしれない。

しかし、不思議なことが一点ある。

「その御猫様を、なんで鈴鈴が探しているの？」

そう、猫探しを何故恩淑妃側の者ではなく、江貴妃付きの鈴鈴がしているのか？　ということだ。

この当然といえば当然な疑問に、しかし鈴鈴が泣きそうな顔になった。

「どど、どうしたのっ⁉　私、なにか悪い事言っちゃった⁉」

雨妹が焦ってワタワタしていると、鈴鈴がとうとうポロポロと泣き出す。

「雨妹さぁん、玉秀《ユウシオウ》様が悪者だって言われて、酷いと思いませんかぁ～⁉」

涙声の鈴鈴が訴えた話によると、春節の間に江貴妃が恩淑妃からお茶に招かれた際、その猫がいなくなったらしい。

「私はそのお茶の席を見ていないんですけど、姉さん方が言うにはすごい騒ぎだったみたいです」

その猫はやはり、異国の使者が皇帝へ捧《ささ》げた贈り物だったそうだ。それを恩淑妃が貰《もら》い受《う》けることになり、恩淑妃が自ら世話をしたりして、たいそう可愛《かわい》がっていたという。

そんな猫が江貴妃とのお茶会の最中にいなくなったものだから、恩淑妃側の者が「江貴妃が猫を隠したのだ！」と騒いでいるのだという。

この話を聞いて、雨妹は「う〜ん」と首を捻《ひね》る。

「恩淑妃って、江貴妃にすごく懐いていなかったっけ？」

雨妹が花の宴での様子を思い出しながら告げると、鈴鈴も頷く。

「そのようですね。姉さんが言うには、恩淑妃ご本人は玉秀様を疑ったりはなさらなかったそうなんです。けど、側《そば》付きの女官の一人がそんな風に主張しているらしくて。春節明けに改めて、『猫を返せ』っていう書面を寄越《よこ》してきたんです。その書面と同じものが、太子殿下にも上がったそうで……」

そうなると江貴妃と恩淑妃の間だけの揉《も》め事《ごと》ではなく、太子まで出張ることとなり、騒ぎが大きくなっているというわけだ。

「ははぁ、なるほどぉ」

雨妹は鈴鈴の話を聞きながら、状況がだんだんと読めてきた。

「他国からの贈り物の御猫様なら、いなくなって、万が一どこかで死んでしまっていたとなったら、それなりに問題になるかぁ」

「そうなんです！　その責任が、玉秀様にあると言われているんですぅ！」

雨妹の想像に、鈴鈴が涙目で訴えてくる。

――なんだか、色々と状況がややこしいなぁ。

そもそも恩淑妃という人は、本人がどんなに江貴妃になついていても、皇太后派が送り込んだ人物なのだ。その周囲の女官や宮女は、皇太后の手の者が多いことだろう。そして皇太后は、己の権力を維持するためには、江貴妃が邪魔だと思っているはずだ。

そして猫がいなくなったということだが、そんな大事な猫なのだから、当然見守りというか、猫の世話専門の宮女あたりがいたはずだろう。それなのに、江貴妃とのお茶の席の最中に猫が行方不明になったとは、いささか都合が良すぎると思うのは、雨妹の考えすぎだろうか？

――陰謀の臭いがプンプンする！

とまあ、そんな華流オタク脳を巡らせたのはいいが。

今雨妹が気にかけるべきは、猫探しをしている鈴鈴のことである。彼女は江貴妃の濡《ぬ》れ衣《ぎぬ》を晴らすために、他の宮の者と一緒になって、こうして猫を探しているというわけだ。

「猫自体は結構見つかるんですけど、肝心の銀の御猫様じゃあないんですよねぇ」

そう話す鈴鈴は猫を呼び寄せるためだろうか、若干臭う袋を腰から下げている。あれはまだ洗っていない洗濯物の臭いだ。

――猫って、爽《さわ》やか系の良い匂いじゃなくて、臭う系の香りを好むもんね。

そして片手に網を持っている鈴鈴の姿は、まるで玄人《くろうと》の猫狩り人のようだ。

「鈴鈴って、猫を捕まえるのが得意とか？」

雨妹が尋ねると、鈴鈴は「はぁ、まあ」と頷く。

「むしろ、他の人が下手なんですよ。あんなにバタバタしていたら、猫じゃなくても逃げちゃいます」

そんな風に語る鈴鈴だが、山里育ちと都育ちを一緒にしては可哀想《かわいそう》だろう。なにせ足腰の強さが全く違うのだから。

だがそんな猫狩り人鈴鈴をもってしても、肝心の御猫様とやらが見つからないのだという。

「猫って、隠れるのが上手《うま》そうだし、もし自分から逃げたんだとしたら、見つけるのは至難の業かもよ？」

「ですよねぇ……」

雨妹がそう言うと、鈴鈴もガックリとして同意する。

「まあまあ、私も探してみるし、他の掃除係にもそれとなく聞いてみるよ！」

そんな鈴鈴を励ますように、雨妹はそう提案する。なにしろ、どこにでも蔓延《はびこ》っているのが掃除係という仕事なのだ。

「雨妹さぁん、ありがとうございます！」

鈴鈴が感激して抱き着いてきたが、猫寄せの袋が若干臭いのでどうにも微妙な気分にさせられたのだった。

それから雨妹も鈴鈴を手伝って猫探しをして、夕食時に他の掃除係にも尋ねてみた。詳しくは言わず、ただ珍しい銀の毛並みの猫だと説明したのだが。

「猫ならたくさんいるけど、珍しそうなのって言われると、知らない」

「誰かの飼い猫でも逃げだしたの？　そんなの見てないけど、その猫に悪戯《いたずら》しすぎたせいで、愛想をつかされたんじゃないの？」

「知らなぁい」

返ってくる答えはこのような感じで、今のところなにも有力な情報を得られていない。

翌日、雨妹は朝から猛烈にごみを焼いた後で落ち合った鈴鈴に、情報収集の結果を報告する。

「御猫様、誰も見ていないねぇ。今日もそれっぽい猫を見ないし、こりゃあ、誰かの宮に引っぱり込まれているのかもよ？　猫ってさ、案外いろんなところで飼い主がいたりするものだし」

雨妹はそう可能性を述べる。

前世でも、とある猫を自分の飼い猫だと思っていたら、余所《よそ》の家でも名前を貰っていて「この子はウチの飼い猫だ」と思われていた、なんてことがそれなりにあった。猫とは、そのように自由な生き物なのだ。

「確かに、そうなっていてもおかしくないですよねぇ」

鈴鈴はそう言って「う〜ん」と唸《うな》る。

まあそれでも、この御猫様の場合は献上品なので、勝手気ままに散歩するなんてことは、させていなかっただろう。けれどなにかの拍子にふらりと逃げ出した先で、ちゃっかり誰かに餌を貰ってのんびり暮らしている、ということもあるかもしれない。

それこそ下位の妃嬪《ひひん》や下っ端宮女であれば、そんな献上品の御猫様だなんて見たことがないだろうし、銀の毛並みも薄汚れていたら灰色に見えることだろう。そうなると献上品の御猫様だなんて気付くはずもなく、ただの野良猫と大差ない。そうやってフラフラしていたものを拾って自分の飼い猫として育てている、ということもあり得なくはないだろう。

「けどそうなってたとしてもさ、あちらこちらの宮に『猫がいませんか？』って聞いて回るわけにもいかないだろうし」

「そんなことをすると御猫様がいなくなったっていう噂《うわさ》が広まって、玉秀様が余計に悪く言われちゃいそうです」

雨妹が告げた方法を、鈴鈴がフルフルと首を横に振って否定する。

「だよねぇ、いっそ百花宮中の猫を集めるような、すんごい方法があればいいのかなぁ？」

「う～ん……」

雨妹が鈴鈴と二人で、頭を抱えていると。

「猫がどうしたって？」

そんな声が、頭上の木の枝から降ってきたかと思ったら。

ガサガサッ！

何者かがそこから飛び降りたではないか。

「ひゃっ⁉」

突然のことに驚く鈴鈴だが、雨妹はというと、こんな風に唐突に現れる相手に、実は心当たりがあった。

「さっきから二人してウンウン唸って、どうかしたの？」

地面に降り立って服や髪についた葉っぱを払っているのは、やはり太子宮の黄《ホアン》徳妃・美蘭《メイラン》であった。この美蘭は太子宮の四夫人の一人だというのに、気さくな性格の庶民派なのだ。最近彼女と知り合った雨妹だが、こうして一人で散歩している所に行き当たることが、たまにある。

今日も散歩の途中なのだろうか、釣竿《つりざお》を持っていて、しかも以前に雨妹があげた下級宮女のお仕着せを着ている。徳妃だと入れない区画に行こうとしていたのだろう。

「美……、じゃない、蘭蘭《ランラン》さん、久しぶりですね。けど、木の上からじゃなくて、普通に近付いてくださいよ、びっくりしますから」

雨妹は「美蘭」と呼びかけるわけにはいかず、前に使った名前で呼び掛けてそう苦情を告げる。実際、驚いた鈴鈴が未《いま》だに固まっていた。

しかしこれに、美蘭は肩をすくめて答える。

「木に登って方向を確かめていたんだよ。似たような路地ばっかりで、迷うんだよココは」

「まあ、確かに。慣れないと迷いますけれども」

確かに、雨妹も百花宮へ来たばかりの頃は、よく道に迷ったものだ。けれどなるほど、よく木に登っている印象のある美蘭だが、迷子対策のためでもあったようだ。

一方で鈴鈴はというと、美蘭が下っ端宮女のお仕着せを着ていることで、彼女を雨妹の知り合いだと知って安心したらしい。

「あの、蘭蘭さん！　私は鈴鈴と言います。その、どこかで御猫様を見ていませんかっ⁉　銀色の毛並みらしいんです！」

身を乗り出して美蘭にもそう尋ねた。

「銀の毛並みの猫？　銀色の猫ねぇ……」

これを聞いて、美蘭が眉《まゆ》をひそめる。

――あれ？

この美蘭の様子に、雨妹は首を捻る。これは全然知らないというよりも、なにか心当たりがあるような反応に見える。

「蘭蘭さん、もしかして見たんですか？　その銀の御猫様《おねこさま》」

雨妹が問うと、美蘭が「まあね」と頷《うなず》く。

「このあたりの猫で銀色の毛並みって珍しいじゃない？　佳《カイ》でだって見たことないよ。だからどこから連れて来たんだかって、不思議に思って覚えていたのさ」

雨妹にそう告げた美蘭が、次いで鈴鈴に尋ねた。

「ねぇ、探している猫ってさぁ、もしかして毛の長い銀色の毛並みの猫？　ちょっと縞模様《しまもよう》が入っている」

猫の模様なんていう具体的な話をしてきた美蘭だが、しかし問われた鈴鈴は困っている。

「えっと、私はそこまで詳しくはわかりません、ただ銀色の毛の猫だとしか……」

そう答える鈴鈴だが、銀の毛並みの猫というだけで十分な特徴であるので、模様がどうのという話をされていないのもわかるのだが。

「もしかして、江貴妃《ジャン》も御猫様をちゃんと見たことがないとか？」

雨妹が尋ねると、鈴鈴は頷く。

「実は、そうらしいんです。姉さんが言うには、太子殿下からのお話で、そういう猫だって聞いただけなのだそうです」

これもまた、わかる話だ。誰かに贈る物を無関係の他者に見せるなんてことは、普通しないだろう。恩《エン》淑妃だとて、そんな大事な猫になにかあったらいけないので、やたらに見せびらかしたりはしないはずだ。その猫になにかあったら、恩淑妃の管理責任が問われるのだから。

——それにそもそも、人見知りな性格の猫なのかもしれないしね。

となると、ますます猫が行方不明になっている今の事態が謎である。

だが、とにかくこれははじめて出た御猫様情報である。

「その御猫様を、どこで見たんですかっ⁉」

「……それがねぇ」

食いつくように尋ねる鈴鈴に、しかし美蘭が言《い》い淀《よど》む様子を見せた。

——もしかして、おおっぴらには言えない場所で見たとか？

今はこんな格好をしていても、美蘭は太子宮の黄徳妃だ。当然雨妹たちとは行動範囲が違うし、雨妹たちが入れない場所にも入れるだろう。

「蘭蘭さん、ちょっとこっちに来て。ごめん鈴鈴、ちょっと待っててね」

雨妹は鈴鈴に謝りつつ、美蘭をちょっと離れた場所へと連れていく。

「あの、美蘭様？　その御猫様をどこで見たんですか？」

ひそっと小声で尋ねる雨妹に、美蘭も小声で答える。

「それがさぁ、皇后陛下の宮の中」

「ひゃいっく⁉」

雨妹は聞かされた内容に驚いたあまり、しゃっくり混じりの変な声が出てしまう。

「それは、どういった経緯で猫を見たんですか？」

「それがさぁ……」

この雨妹の疑問に答える美蘭曰《いわ》く、春節休みの終わり頃に、皇后が主催の酒宴があったそうで、そこに皇帝や太子の四夫人をはじめとした、上位の妃嬪たちが集うことになったという。

「ああでも、恩淑妃のあの子は体調不良とかでいなかったね。けど本当に体調不良なんじゃなくて、酒宴だから子どもの出席を外されたんだと思うけど。なんか皆、あの子がいなくて当たり前っていう風だったし」

美蘭がその時の場の雰囲気を思い出して、そんな風に語る。

しばらくは大人しく隅の方でちびちびと酒を飲んでいた美蘭だったが、お偉い人が集まってよく分からない自慢話を言い合う場に次第に飽き飽きしてきたらしく、そのうち抜け出してフラフラと歩いていたのだそうだ。

「どうせ自由に散歩できるはずもないしさ、一人で庭園でも眺めるかと思っていたんだけどさぁ」

そうやってフラフラしていると、どこからか風に乗って猫の鳴き声が聞こえてきたのだという。

その猫の鳴き声が気になった美蘭は、その声を辿《たど》るように足を向けると、とある物置のような場所に行き着いたのだそうだ。

「そこを覗《のぞ》いたらさぁ、籠《かご》に入れられた猫がいたんだよ」

「……なるほど」

事の経緯を聞いた雨妹は、「ふむ」と考える。

——皇后陛下かぁ。

皇太后に関するあれやこれやの話は、宮女の間でもよく聞く。なにしろ百花宮の支配者と言われている人なので、良くも悪くも噂になることを色々としている人なのだ。

一方で、皇后となると、実は影響力としては今一つの感は否めない。どうしても皇太后の陰に隠れてしまうのだ。

その皇后が主催する酒宴で、主だった上位妃嬪を集めたとなると、己の立場を誇示する意味もあったのだろう。なにしろもし今のまま太子に皇帝位が譲位されたならば、皇后は百花宮を去って尼寺行きになることが決定しているのだから。権力と贅沢《ぜいたく》が大好きな性格であるならば、そんなことになるのは死んでも避けたいはずだ。

恩淑妃のような子どもを酒宴に出席させないことには賛同したい雨妹だが、一方で酒宴の時期に疑いを持つ。江貴妃と恩淑妃との間で猫騒動があったばかりではないか。集まりをお茶会ではなく酒宴にしたあたりに、恩淑妃外しの意図が見える気がする。そして、猫が皇后の宮にいたことも疑わしく思えてくる。

他国からの贈り物を失《な》くした罪で恩淑妃を追及し、ついでに陥れた側として江貴妃も罪に問い、あわよくば太子の監督責任に持っていきたいのか？　というのは雨妹の考えすぎだろうか？　この国では面子《メンツ》が重んじられるので、このようなことでも失脚の原因に成り得るのだ。

――う～ん、思ったよりも大きな陰謀なのかもしれないなぁ。

この状況を解決する手段は、なんとかして猫を恩淑妃の元へ返すことだ。けれどそのためには、皇后の宮にいる猫が、恩淑妃へ贈られた猫だと確認しなければならない。

美蘭から話を詳しく聞けたところで、雨妹は鈴鈴の元へと戻ると、簡単に事情を語る。

「あのね、どうも偉い人の宮に入り込んでいるっぽくてさぁ。そうなると、その猫が本当に探している猫なのか、ちゃんとわからないと手出しが難しいみたいなんだよねぇ」

美蘭の本当の身分や皇后の宮という言葉を省いて説明した形になったが、状況としてはおおむね合っていると自分で思う。

「あぁ～、一番あってほしくなかった事態です……」

これを聞いた鈴鈴は、ガックリと肩を落としているが、その気持ちは雨妹にもわかる。

「けど、本当に御猫様かどうかなんて、わかるものでしょうか？　宮の姉さんたちに聞いても、たぶん私と同じようなことしか知らない気がします」

鈴鈴が「う～ん」と首を捻《ひね》る。

「だよねぇ、知っているなら出し惜しみせずに、鈴鈴にも詳しく教えているだろうし」

雨妹もそう言うと、同じように首を捻る。

猫について最も詳しいのは恩淑妃なのだろうが、今恩淑妃の宮へ猫についての情報を問い合わせても、まともに答えは返ってこないだろう。

こうして雨妹たちが二人でう～んう～ん言っていると、美蘭が口を挟んできた。

「猫なら、ひょっとしてアイツが知っているんじゃないかい？」

「アイツ、ですか？」

雨妹は言わんとすることがわからず、目を瞬かせていると、美蘭が言葉を続ける。

「ほら、アイツだよ、アンタが仲良くしているあの宦官《かんがん》の」

美蘭はその人物の名前が出てこないようだが、雨妹は仲良くしている宦官と言われると、思い浮かぶのは一人しかいない。

「もしかして、立彬《リビン》様のことですか？」

「そうそう、その立彬だよ」

雨妹が告げた名前に、美蘭は思い出せて満足そうに頷く。

――言われてみればそうかも。

他国からの贈り物の猫であったならば、恩淑妃へと贈られるのに太子を介したはずだ。そうであれば、側近である立彬も目にしている可能性は高い。

この美蘭の意見に、鈴鈴がパアッと表情を明るくする。

「そうですね！　あの方なら詳しいかもしれません！」

猫の情報をもっと集めないとと行き詰まった中での、貴重な情報源なのだ。希望の光と言っても過言ではない。そうとなれば、善は急げだ。

「駄目で元々ってことで、今から聞きにいってみる？」

「そうですね、立彬様にお会いできなくても、言伝《ことづて》を渡せればいいんですし」

雨妹の提案に鈴鈴も賛同してきたので、今から太子宮へ向かうことになった。

「まあ、頑張りな。アタシもさ、別を当たってみてやるからさ」

そんな雨妹たちに、美蘭がヒラヒラと手を振って言ってくる。

「蘭蘭さん、本当にありがとうございます！」

協力してくれるという美蘭に、鈴鈴が感激して礼の姿勢をとる。

——美蘭様が言う「別」って、いったいなんのことかなぁ？

雨妹は疑問に思いつつも、その場では追及せずに別れたのであった。


太子宮へやってきた雨妹たちは、思ったよりもすんなりと立彬に会うことができた。

「猫探しに進展はあったのか？」

門前まで出てきてくれた立彬が開口一番にそう尋ねてきたので、太子も鈴鈴たちの猫探しを気にかけているのだろう。

「いえ、進展があったわけではないのですけれど……」

これに、鈴鈴がしゅんと俯《うつむ》いてしまう。

「新情報が入ったので、それについて確認がしたいんです」

代わりに雨妹が告げると、立彬が「そうか」と頷く。

「ところで雨妹、お前も猫探しに協力しているのか？」

そして遅まきながらそう問われたので、雨妹は肯定する。

「はい、鈴鈴とはいつも仲良くさせてもらっていますし」

雨妹の答えに納得した様子の立彬だが、その表情はやや渋い。

「助かることだが、くれぐれも言いふらすなよ？」

「わかっていますって。外聞が良いとは言えない話ですものね」

立彬に釘《くぎ》を刺され、雨妹もそう応じておく。

「それで、話とはなんだ？」

改めて立彬に問われ、鈴鈴がぐっと顔を上げる。

「あの、立彬様は噂《うわさ》の御猫様を見たことがありますか？　どのような御猫様だったんでしょうか？」

鈴鈴の質問は意外なものだったようで、立彬が眉を上げる。

「銀の毛並みの猫だろう、知らずに探していたわけではあるまいに」

今の鈴鈴の言い方では、立彬に真意が伝わらなかったらしい。

「そうなんですけど、知りたいのは模様です。御猫様って、毛の長い縞模様でしたか？」

雨妹が鈴鈴の言葉を補足すると、立彬は「ふむ、なるほど」と呟《つぶや》いて、しばし考えるように宙を見る。

「……毛玉団子のようだと思ったくらい、毛が長かったな。それに確かに、うっすらと縞模様だったか」

そしてそう述べる立彬は、やはりその猫を見ていたのだ。

これを聞いて、鈴鈴がぴょんと跳ねて喜ぶ。

「雨妹さん、蘭蘭《ランラン》さんが言っていた通りですね！」

「うんうん、これで居所は知れたね！」

雨妹も一緒になって喜ぶものの、その居所からどうやって猫を奪還するかということが、また大問題なのだが、事態が一歩前進したことは間違いない。

「……蘭蘭？」

一方、立彬は鈴鈴が口にした名前に反応する。蘭蘭というのが、美蘭《メイラン》のお忍びの際の名前であると、憶《おぼ》えていたのだろう。

「新情報とやらの出所は、もしや蘭蘭という人物なのか？」

こちらをジトリと見て言ってくる立彬に、雨妹はニコリと笑って応じる。

「ええ、先ほど偶然蘭蘭さんと会いまして、そのような模様の猫を見たと聞いたんです。けれど江貴妃の宮では御猫様の模様などの詳細までは知られていないようで、立彬様なら知っているかと思いまして、こうして聞きに来たというわけです」

「ふぅん……？」

雨妹の説明を聞いた立彬は眉間《みけん》に皺《しわ》を寄せると、「はぁ」と息を吐く。

「蘭蘭とやらは、その猫をあまりよろしくない場所で見つけたのだな」

今の話だけですぐにそこまで理解できたとは、さすが立彬だ。

「よくわかりましたね？」

雨妹がそう聞くと、立彬は「ふん」と鼻を鳴らす。

「どこで見つけたのかということを一切言わず、見つけたのならば即捕まえればいいものを、わざわざ根回しをしようとすることを考えれば、想像は容易というものだ」

そう告げてくる立彬の言葉を聞いて、鈴鈴が不安そうな顔になる。

「雨妹さん、御猫様はどうなりますかね……？」

鈴鈴がそう問うてくるものの、驚いてはいないようなので、恐らく先程の雨妹と美蘭の様子を見て、うっすらと予想していたのだろう。下っ端とはいえ、江《ジャン》貴妃の側《そば》付きをしているのだから、鈴鈴とてそのあたりの勘が鍛えられていると見える。

「少なくとも、素直に事情を話せば御猫様を渡してもらえるような場所ではない、ということは確かみたいです」

立彬と鈴鈴を見てそう語る雨妹に、二人はそれぞれ難しい顔になった。


それから雨妹は、立彬に連れられて太子の元へと連れていかれることとなった。

しかし、雨妹はこれに異議を唱える。

「え、私って朝からずっとごみを焼いていたので、猛烈に焦げ臭いんですけど？」

そのようなあからさまに「ごみ焼き場から来ました」という姿で、太子の元へ行けというのは、ちょっとした嫌がらせではないだろうか？

この雨妹の意見を、しかし立彬は取り合わない。

「そんなことよりも、お前がした話の方が大問題だろうが」

というわけで、雨妹は焦げ臭いままに太子宮へとお邪魔することとなる。しかし迷惑臭をまき散らしたくはないので、人の少ない場所を通っていくこととなったが。

鈴鈴とはここで別れ、宮の人たちに猫の居所がわかったという事を知らせに戻る。詳しくは言えないとしても、百花宮中を探す事はしなくていいのだから、早く知らせてやるべきだろう。

回廊を歩きながら、雨妹は立彬に話しかける。

「こちらでは春節休みだというのに、結構な問題が起きていたんですね」

「まったく、新年早々からとは縁起が悪いことだ」

雨妹の言葉に、立彬は渋い顔でそう話す。確かに、新年早々からの騒動はその一年を象徴するように思えてくるので、できれば避けたいものだろう。もしくは、新年早々の厄落としだといい方に捉《とら》えるかだ。

そんな暗い話を続けたくなかったのか、立彬が話を変えてきた。

「そういう雨妹、お前は春節休みになにをしていたのだ？」

そう問われた雨妹は、「そうですねぇ」と春節の間のことを振り返る。

「私はご馳走《ちそう》の振る舞いを頂戴《ちょうだい》しに行って、催しを見て回っていました。都の春節は賑《にぎ》やかで楽しかったです」

踊りやら歌やらがあちらこちらでやっていて、それをはしごして見て回るだけでも日が暮れるのだ。

「なるほど、春節らしい過ごし方だな。私もたまにはそのようにのんびりに過ごしたいものだ」

これを聞いた立彬が実に羨《うらや》ましそうに言うので、彼にとって春節とは楽しいことがない時期らしい。それに比べて、雨妹は春節を満喫しまくってしまって、なんだか申し訳なくもなってくる。

――湯円《タンユエン》もしっかり食べたしね！

その上、突然やってきた杜《ドウ》に扮《ふん》した皇帝と一緒に、彼の思い出の湯円も食べたのだ。ほんの短い時間ながらも、今世で初めて家族と春節を過ごせたのは、雨妹にとって一生ものの思い出となるだろう。

これまで雨妹が天涯孤独の身でも気持ちを強く持って生きてこられたのは、前世の記憶が色々と助けてくれたからだ。けれどそれは一方で、この世界に雨妹が根を下ろす根幹がないということでもあった。だから他人からは、雨妹が飄々《ひょうひょう》としているように見えるのだろう。

けれどそれも今や、雨妹は前世の記憶だけに縋《すが》らずとも、「この世界で生きていくんだ」という実感を持てている。

――まさしく、「雨妹」の人生の出発点だよね！

あの時のことを思い出して、自然とうっすら笑みを浮かべる雨妹を、立彬はなにも言わず黙って見ているだけだった。

そうこうしているうちに、雨妹と立彬は太子がいる部屋へと到着した。

「ただいま戻りました」

立彬が声をかけてから部屋に入ると、太子は秀玲《シオウリン》と二人で、お茶を飲んで休憩しているところだった。

「鈴鈴の話はなんだったんだい？　おや、雨妹じゃないか」

太子はこちらに問いかけてから、立彬の背後にいる雨妹の存在に気付く。

「どうも、鈴鈴にくっついてきたら、こちらに連れて来られました」

雨妹はそう言って礼の姿勢をとる。

「そうなのかい？　まあ、まずはこちらでお茶でも飲みなよ」

太子にそう勧められた雨妹だが、なにせ焦げ臭さが染みついているので、この勧めに乗るわけにはいかない。というわけで、一人で窓際に立つことにした。すると秀玲が雨妹の隣に小さな卓を置いて、お茶を置いてくれる。

「春節明けは、どんな所も仕事が溜《た》まっていますけど、あなたたちも大変そうね」

そんな風に言いながら用意されたお茶に、酥《スウ》もいくつか添えられているのが、労働の後には嬉《うれ》しい。そして太子付きの女官であるのに、雨妹のような肉体労働者を厭《いと》わない姿も、また嬉しいものだ。

雨妹がお茶と酥をありがたくもらっていると、その間に立彬が太子に報告していた。

「明賢《メイシエン》様、どうやら面倒なことになりそうです」

そう告げる立彬は、鈴鈴が訪ねてきてからのことをざっと話す。

「というわけでして。これでどうやら、なにかの拍子に偶然猫が逃げ出したのではない、ということになりました」

「なるほど、そういうことか」

話を聞き終えた太子は深く息を吐くと、窓際でお茶を飲む雨妹の方を振り向く。

「まずは雨妹、協力に感謝するよ」

「いえ、私は鈴鈴の力になりたかっただけです！」

礼を述べられ、雨妹はありがたく思いつつも恐縮してそう告げると、太子が「ふふっ」と笑みを漏らす。

「人徳というのは得難いものだね。私も、穏便に事を収めたいのだけれど、立場上、玉秀《ユウシオウ》だけに肩入れするわけにはいかなくてね。けどこの状況を一番揉《も》めさせずに済ませるのは、例の猫を見つけて小恵《シヤオフイ》に返してあげることだ」

それで太子も手の者を使って密《ひそ》かに探させていたが、一向に見つからないので、どこかに隠されているのではないか？　と疑念を持っていたところだったという。

「そうだったんですか」

太子宮で猫を探しているなんて話を、雨妹は宮女の噂話でも全く聞いていないので、よほど慎重に行動していたのだろう。

「けれど、これで後宮中をやみくもに探さずに済む。それで雨妹、その『蘭蘭』という宮女殿は、

「一体どこで猫を見たんだい？」

太子にいよいよこれについて問われて、雨妹はその場所が場所だけに、今ここで答えてもいいものかと迷う。

「人払いはしてある」

すると立彬がそう言ってきたので、雨妹はいよいよ告げる。

「皇后陛下の宮の物置で見たと、そう仰《おつしや》っていました」

これを聞いた太子たちは、一様に息を呑《の》んだ。

「なんてことでしょう……」

「……」

「なるほど、面倒になったね」

秀玲が顔色を悪くして、立彬が無言で眉間に皺をよせ、太子は再び深々とため息を吐《つ》く。雨妹も想像した通り、悪い状況であるようだ。

「あの、太子殿下のお力で、こっそり猫を救出することはできないのですか？」

恐る恐る尋ねる雨妹に、太子はしかし難しい顔をして答える。

「できればそうしたいのだけれどね。皇后の宮に私の手の者を忍び込ませるのは危険が伴う。皇帝に対する反意だとも受け取られかねない」

どれだけ皇帝と険悪な仲だと噂《うわさ》されていても、皇后なのだ。その皇后への手出しは、すなわち皇帝への手出しだと主張されるということなのだろう。

「たとえ『猫が迷い込んでいないか？』と問い合わせても、あちらは知らぬ存ぜぬの態度でしょうね」

秀玲も頬に手を当ててそう告げる。

「やっぱり、難しいんですねぇ」

雨妹は想像する以上に渋い顔になっている太子たちの様子を見て、自分が考えているよりも悪い事態なのだと、改めて認識した。

「できるならば、正面から動いて言い訳の利く者で救出したいところだが、さて、それもどうすればよいものか……」

立彬が眉間を指で揉みながら話すのに、雨妹は「そういえば」と思い出す。

「あの、美《メイ》、じゃない、蘭蘭《ランラン》さんが『別を当たってみる』と言っていましたので、そちらでなにか進展があるかもしれませんよ？」

この言葉を聞いて、立彬が目を見張る。

「そうなのか。あの方ならば我らとはまた別の行動ができるのだから、案外なにかお考えがあるのかもしれんな」

そう話す立彬が、若干期待のこもった目になる。春節前、雨妹と美蘭《メイラン》がお忍びで遊びに行った生《い》け簀《す》で、忍び込んでいた東国人に襲われるという事件があった際に、その場に居合わせた立彬は美蘭が案外行動力があって頭も回る人物であることを知っているからだろう。

「ほぅ、彼女は小恵のために、わざわざそこまで動いてくれるというのか」

一方、懐疑的なのが太子である。美蘭の行動は、太子にとって意外なようだ。

美蘭はどうやら太子の前だと、普通の妃に見えるように振舞っているようなので、そのせいで太子は美蘭があまり活動的ではない人物だと思っていたのだろう。春節前のお忍びでのことについても、立彬から大まかな話を聞かされているだろうに、それでもどうやら最初の印象が強いようだ。

「まあ、情に厚い方なのでしょうか？」

「……」

秀玲も太子同様に驚いている。

美蘭と太子との間の溝はまだまだ深そうだと、雨妹は内心で苦笑するのだった。

＊＊＊

雨妹が太子たちとそのような話をしている、ちょうどその頃。

「全《チュエン》、いるかい？」

美蘭は宮に戻ると、下っ端宮女のお仕着せから普段着に着替えてから、女官の全を呼ぶ。

「はい、何事でございましょうか？」

現れた百花宮でも恐れられる老女官は、とりあえず散歩から戻った美蘭にお茶を淹《い》れる準備をしながら、こう尋ねる。

その全のお茶を淹れる様子を眺めながら、美蘭は言う。

「お茶会とやらをするよ」

この唐突な言葉に、全は驚く。

「突然でございますね」

しかしすぐに平常心を取り戻してそう告げる全に、美蘭は「フン」と鼻を鳴らす。

「なにさ、そっちが前々から言っていたことじゃあないか、小さくてもいいから、なにか催しをしろってさ」

そう、美蘭はこれでも徳妃であるので、他の妃嬪《ひひん》を招いての催しをすることが求められると、全からくどくどと言われていたところであった。しかし美蘭はお偉い人を集めてチクチクと遠回しの悪口を言い合うようなことが好きではなく、その意欲がわかないと言って、ずっと断っていたのだ。

それが急に心変わりをして「やる」と言い出したのだから、驚かれるのも当然というものだろう。

「さようでございますけれど、この度は一体どのような風の吹き回しなので？」

全が冷静に問いかけるものの、美蘭はしかしこれには答えず、お茶会について話を続ける。

「お茶に招待するのは、恩淑妃《エン》にするよ。ああそれと、こっちはそう人がいないんだし、大勢で押しかけられたら困る。あの子と、あの子がよく懐いているようなもう一人くらいで来てほしい」

この奇妙な参加者の名指しを聞いて、全はすぐにピンときたらしい。

「美蘭様はもしや、例の騒ぎに口出しをなさるおつもりですか？」

そう話す全は表情を変えたりはしないものの、口調はどちらかというと、「それはあまりよろしくない行為である」と言いたそうである。

そんな全を、美蘭は視線を強くして睨《にら》むようにする。

「口出しとか、そんなお節介みたいなものじゃあないさ……ただ、猫に罪はないじゃないか」

そう話す美蘭をしばらく見つめていた全だが、しばらくして淹れたお茶をスッと美蘭の目の前に差し出すのだった。


こうして開催が決まったお茶会は、善は急げということで、二日後に行うこととなった。

通常のお茶会ならば、もっと早めに誘いの文を出し、お互いに長い準備期間を設けるものらしい。それなのにこうも早めの日程にしたのは、全曰《いわ》く、招待する恩淑妃側に準備期間を与えないためでもあるという。

「美蘭様はここのところあまり人を招いておりませんので、下世話なことを考える者たちも大勢おりましょう。それらの輩《やから》が立ち入る言い訳を思いつく前に、実行することです」

そう語る全は、お茶会の段取りも美蘭の望み通りにしてくれていて、実に頼もしいことだ。美蘭の意向を無視して勝手にお茶会の開催を周囲に言いふらし、主《あるじ》そっちのけでお茶会を仕切っていた前任者の女官とは大違いである。

だがそうは言っても、やはり恩淑妃にはお供がわんさかとついてきていた。

案内役の宮女から、先に伝えていた通りに恩淑妃ともう一人しか招けないと改めて説明して、残りの者たちには別室で待機してもらうように伝えられると、

「わたくしたちを入れないなんて、失礼ではございませんか！」

「そのように人が足りないからこそ、わたくしたちが行くべきではなくって⁉」

そう主張して、なんとかしてお茶会に参加しようと頑張っていたらしい。しかもなにかしらの粗探しをしたいのであろうという思惑が、あからさまに露呈するような態度であったという。

しかし、このようなことになることは想定済みだったため、すぐに困った宮女と全が代わる。

「そこまで仰るのであれば、参加するに相応《ふさわ》しい振る舞いができるのかどうか、わたくしが確かめます。そして認めた者だけ通しましょう」

そう言って目を光らせた全に、結果としてその場の全員が撃沈させられ、屈辱に震えて主を置いて恩淑妃の宮に先に帰る者もいたというのは、後から聞いた話である。

残った者たちはそのまま部屋に閉じこもってもらうことにして、お茶会の会場は庭園を望める場所で行うことにした。

美蘭と広い卓を挟んで座った恩淑妃には、年配の女官が一人ついている。「ばあや」と呼んでいるので、その女官は恩淑妃の乳母なのだろう。

恩淑妃は己の宮とは違う雰囲気の庭園が珍しいのか、しばしキョロキョロと眺めている。特に、池の縁に釣竿《つりざお》が立てかけられているのが気になっているようだった。けれどやがてばあやにそっと肩を叩《たた》かれ、ハッとして美蘭に向き直る。

「あの、お招きいただき感謝します。わたくし、黄《ホアン》徳妃とはあまりお話をしたことがございませんので、緊張してしまって……」

そう挨拶《あいさつ》をしてくる恩淑妃は、実際に少々顔色が悪い。現在恩淑妃を取り巻く状況が悪いので、美蘭のことを「なにか魂胆があるのでは？」と考えているのだろう。だがそう思ってしまうのは無理もないことである。

美蘭は恩淑妃に微笑《ほほえ》みかける。

「そのように硬くならずともよろしいのですよ？　ただ、最近なにやら気忙《きぜわ》しいことが多かろうと思いまして、気晴らしをして差し上げたくなりましたの。こちらの全はね、とても美味《おい》しいお茶を淹れるのですよ？　きっと恩淑妃の心が解《ほぐ》れることでしょう」

これを聞いたばあやが「まあ！」と嬉《うれ》しそうな声を上げる。

「全様はこの百花宮で長く勤めていらっしゃるお方でして、お茶の淹れ方がとても美しいのだと評判なのです。その全様が淹れてくださったお茶をいただけるなんて、そうそうあることではないのですよ、媛《ひめ》様」

ばあやがそう語りかけると、恩淑妃は「そうなの？」と目を丸くする。

「得難い経験となりましょう。媛様の今後にきっと、幸運を授けられることでしょう」

「まあ、楽しみね！」

ばあやが熱を込めて話すのに、恩淑妃は目を輝かせる。

ばあやが全のお茶をとても有り難がってくれたおかげで、恩淑妃の緊張が解けたようだった。

確かに、全のお茶は美味しい。

美蘭が佳《カイ》にいた時に飲んでいたのは主に白湯《さゆ》で、お茶とは利民《リミン》のところへ遊びに行った際にたまに飲めたくらいのものである。ここ後宮に入ることになった時も、お茶を白湯のように飲むとは贅《ぜい》沢《たく》だ、くらいに思っていた。それなのに全が美蘭に付くことになり、お茶というのは淹れ手によって味が変わるのだと初めて知ったのだ。

この宮は現在人が少ないが、美蘭は今のところ側《そば》付きを増やそうと思ってはいない。なのでどうしても美蘭の世話をする者がいない時間が発生してしまうのだが、美蘭としては四六時中誰かに世話をされたいわけではないので、それで構わないと思っていた。

けれど美味しいお茶を自分で淹れることができるならば、一人でもより気分よく過ごせるようになるかもしれない。

――そうだ、今度全に、お茶の淹れ方を教えてくれるように頼んでみようかな？

それにもし、美蘭がこんな風に美味しいお茶を淹れることができて、太子殿下に飲ませてみたならば、あのすまし顔はどんな様子を見せるものか？　美蘭は全のお茶を淹れる様子を眺めながら、ふとそんなことを思いつく。

「どうぞ」

このように美蘭が思考を巡らせている間に、全がお茶を淹れ終えて、美蘭と恩淑妃の前に差し出してきた。こういう時、まずは招待した側が一口飲んでみせるのが相手への誠意だというのは、昔利民から聞かされていたものだ。ああ見えて黄家のお坊ちゃまである利民なので、普段は雑であっても、公式な場での行儀作法には案外煩《うるさ》い男であった。

一方の恩淑妃とばあやは、毒見役を挟むことなく美蘭がお茶を飲んでみせたのが、とても驚きだったようだ。

「相変わらず、美味しいお茶です」

美蘭がにこりと笑ってみせると、恩淑妃もお茶の器を手に取り、口をつける。

「まあ、美味しい！　お茶の葉が違うのかしら？」

素直な感想を述べる恩淑妃に、全がゆるりと首を横に振った。

「いいえ、そちらの宮にも納められているものと同じでございましょう。高級ではありますが、一般的な茶葉でございます」

全の説明を聞いて、しかしいまいちわからないのか、恩淑妃が不思議そうな顔になる。

「媛様、これこそ達人の技というものでございますよ。全様が淹れるのであれば、それが最下級の茶葉であっても、きっと最高に美味しいお茶となることでしょう」

美蘭たちの後にばあやにもお茶が出され、ばあやはそれを恭しい手つきで受け取りながら、恩淑妃にそう教えていた。

「そのようにすごい技が込められたものなのね、このお茶には」

恩淑妃が自分のお茶の器を持ちあげて、しげしげと眺めては感心のため息を吐《つ》いている。どうやら、お茶会の最初のつかみは上手くいっているようだ。

「全、もういいのではないかしら？」

美蘭がそう問うと、全は少々考える仕草をする。

「最初の挨拶は合格しましたので、後はお好きに話されるとよろしいでしょう」

そして、そんな返答を得られたところで。

「はぁ〜やれやれ、お許しが出たよ。凝った話し方は疲れるねぇ」

美蘭《メイラン》は話し方を素のものに変えて、ぐぐっと背筋を伸ばした。

「え、と、あの……？」

この美蘭の突然の変化に、恩淑妃とばあやは驚いて固まってしまっている。

そんな二人に、美蘭は苦笑した。

「悪いね、私はあまりお上品な話し方が得意ではなくてさ。挨拶程度ならいいけれど、アレで長く話すのは無理ってものだよ」

「そうなのですか」

美蘭が語った事情に、恩淑妃はとりあえずそう返し、ばあやの方はなにかを察したような表情である。おそらくは、美蘭の素性に関する噂《うわさ》を耳にしているのだろう。きっと後から恩淑妃に事情を説明してくれることだろう。

このように上品な会話が苦手なせいで、美蘭は太子の前では失敗するまいと構えるあまりに口数が少なくなってしまい、太子から「会話嫌いの人見知り」だと思われている風なのだ。才《ツァイ》の宮で立彬に見つかった時にあちらが驚いたのは、美蘭の素の状態を初めて見たからというよりも、「コイツ、まともに会話ができたのか」ということに驚いたのだろうと、美蘭は思っている。

その立彬は、美蘭がこういう性格だと察しても、どうやら太子に告げ口したりはしていないらしい。余計なことは言わず、美蘭と太子が互いの力で距離を縮めるのを待っているのかもしれない。きっとああいう主従が、信頼し合っているというのだろう。

けど、そんな関係性を妬《ねた》んでいても仕方ない。

――「私らしく」だよ。

最近知り合った風変わりな宮女と一緒に過ごして学んだことを、美蘭は心の中で唱える。美蘭が仲良くなりたいと思う気持ちが、今もきっと礼儀作法よりも大事なのだろう。

美蘭はかつて妹や弟にしていたように、親しみを込めた笑みを浮かべて、恩淑妃に話しかけた。

「聞いたよ、飼っている猫がいなくなったんだって？」

「それは……」

猫のことは敏感な話題なのだろう、恩淑妃の表情がとたんに固いものになる。

しかし、美蘭はそれに構わず話を続けた。

「私はね、ここに来る前は徐州《ジヨ》は佳の港にいたんだ。あそこにもたくさん猫がいてね、よく釣った魚を横取りしにきた連中と喧嘩《けんか》したものさ」

「……はぁ」

恩淑妃は宮内の話ではなく、港に住まう猫の話をされ、呆《ほう》けた顔をした。

恩淑妃としては、もっと宮の内情について突っ込まれたり、馬鹿にされたりするかと思ったのだろう。だが美蘭だとて他人をどうこう言える身の上ではない。むしろ宮の内情に四苦八苦する経験があるため、余計に恩淑妃に同情するのだ。

「猫さんと喧嘩だなんて、なんだか大変そうです」

美蘭の話になにか返さなければと思ったのだろう、恩淑妃がそう言ってくる。

「そりゃあね、気を付けないとこっちだって血だらけさ。港の猫は生意気だったらありゃしないよ」

美蘭がひっかく真似《まね》をしながら話すと、恩《エン》淑妃は小さく笑みを漏らした。

「血だらけなんて、すごく痛そうです」

「そうそう！　だから猫の扱いにはう～んと気を付けないと、全身が傷だらけになるのさ。知り合いにどんくさい奴《やつ》がいてねぇ、ソイツが頬に大きな引っかき傷をつくっちまって。それが渋いっていう女もいるみたいだけど、猫の引っかき傷だよ？　渋いどころか鈍さの証《あかし》だと思うんだけどねぇ」

美蘭の話に、恩淑妃はクスクスと笑っている。

「そっちの猫っていうのは、どんな猫なんだい？　可愛い？」

美蘭が問いかけると、恩淑妃も今度は硬い表情にはならなかった。

「それはもう！　わたくしは毛に櫛《くし》を通してあげるのですが、そうすると気持ちよさそうに目を細めるのが、とても愛らしくって。わたくしが名を呼ぶと近寄ってきて、膝《ひざ》に前足を乗せておねだりするように鳴くのです。それでついおやつをあげてしまって、食べ過ぎると太ってしまうと、世話係に注意されてしまうのですよ」

熱く飼い猫について語る様子からすると、本当に大事に可愛《かわい》がっていたのだろうことが窺《うかが》える。

「媛様は、昔から猫が好きでございましたからねぇ」

ばあやも微笑ましそうにそう話す。

ここにいるのは、ただの猫好きの子どもだ。この恩淑妃が自ら猫をつかって誰かを陥れようとしたなんて、美蘭にはどうにも想像がつかない。

「そんなに可愛がっていたなら、余計にいなくなって心配だねぇ。同じ猫好きとしても気になるさ。ねえ、聞いていいかい？　本当のところ、どういう経緯で噂の猫がいなくなったんだい？　専属の世話係だっていたんだろうに」

美蘭にいよいよこのことを聞かれた恩淑妃は、しゅんと顔を俯《うつむ》かせた。

「わからないのです、わたくしはただ『いなくなった』とだけしか聞かされなくて。世話をしてくれていた宮女はとても親身になって仕事をしてくれていたのですけど、わたくしが話を聞くよりも前に後宮から出されてしまっていました」

「はぁん……？」

恩淑妃の言葉に、美蘭の眉間《みけん》に自然と皺《しわ》が寄る。

「美蘭様、お顔がよろしくない様子になっております」

全《チュエン》に暗に「顔が怖い」と指摘されたので、美蘭は眉間をグリグリと揉《も》んで皺を伸ばす。

――胸の悪くなる話だよ！

美蘭は内心で毒づくと、「よし！」と自分に気合を入れる。

「こっちでも探してみるからさ、その猫がすぐに飛びつきそうな、お気に入りのおもちゃとかないかい？」

猫を釣り上げる餌代わりのものがあるかと思って尋ねた。

「おもちゃ、ですか」

恩淑妃が素直に考えてくれているのに、ばあやが助言する。

「媛様アレはどうでしょう？　お気に入りの爪とぎ板ですよ」

「まあ、確かにあの子はあの爪とぎ板が大好きで、見たらすぐに飛んできますものね！」

なんと、そんなに大好物ならば好都合だ。

「それ、ちょっと貸してくれないかな？」

顔をニコリとさせて頼む美蘭に、恩淑妃はちょっと考えてから了承を返した。

＊＊＊

美蘭が恩淑妃とのお茶会を開いた翌日。

それは仕事を終えて、そろそろ夕食を食べに宮女たちが食堂へと集まる時刻であった。

「おうい、雨妹」

気楽そうな声をかけられ、振り返ればそこには美蘭がいた。下級宮女のお仕着せ姿で、妙にこの場に馴染《なじ》んでいる。

「このあたりは、なかなか賑《にぎ》やかじゃないか。こういう雰囲気は好きだよ」

キョロキョロしながらやってきた美蘭に、雨妹は呆《あき》れる。

「美《メイ》……じゃない、蘭蘭《ランラン》さん、ここまで来ちゃっていいんですか？」

雨妹が若干ジト目で尋ねると、美蘭は手をヒラヒラとさせる。

「だって、お前さんがいつも食べている食堂のご飯っていうのが、気になったんだよ」

なんと、食い意地でここまで来てしまったようだ。

――自由だなこの人、太子殿下の四夫人の一人なのに！

鬱々《うつうつ》と引きこもっていた頃とは、大違いの活発さだ。

美蘭を自由な世界へ解き放つ手助けをしたのは雨妹なのだが、彼女のこの自由さを許している全もすごいと思う。それにしても、贈った下級宮女のお仕着せを有効活用してくれてなによりである。

しかし、食堂のご飯が気になると言っても、美蘭の宮だって台所がちゃんと食事を用意するのだろうに。

「ここで食べちゃっていいんですか？」

雨妹が指摘すると、美蘭は若干げんなりした顔になった。

「だってこの後どうせ、訪ねて来る奴の酒に付き合うんだもの。ちまちまとした量のつまみばっかり並べられてさぁ、腹にたまるわけがないったら」

美蘭の言う「訪ねて来る奴」というのは、恐らくは太子のことだと思われる。夜は皇帝や太子の御渡《おわた》りを待つ時間であり、そのため妃嬪《ひひん》同士で夜に人を招いての酒宴などしないからだ。そして確かに、太子を前にした酒の席となれば、お腹《なか》が空《す》いているからといってガツと食べるわけにはいかないだろう。

――けどさ、太子と差し向かってお酒を飲むのをこんなに嫌がるお妃様って、あんまりいないよね。

太子は美蘭ともっと交流を深めるつもりなのだろうに、それでもこんなに嫌な顔をするとは。以前にも似たようなことを言っていた美蘭であるので、恐らくは酒があまり得意ではないのだと思われる。それか、弱い酒の美味《おい》しい飲み方を知らないかだ。船乗りに囲まれて育った美蘭なので、船乗りとは基本的に酒に強い人たちであるようだし、周囲に弱い酒というものがなかったのかもしれない。

そして、意地っ張りなところがある美蘭なので、「お酒をあまり好まない」と言えていないのだろう。

――今度、立彬様にでも教えておこうかな。

立彬ならば、きっと弱くても美味しいお酒の飲み方を知っているはずだ。

そんなことを考えつつ、雨妹は美蘭の希望通りに食堂へ連れていく。

「へぇ、港の飯屋みたいだ」

仕事終わりの宮女で賑わっている食堂を見て、美蘭が佳を思い出したのか楽しそうな顔になった。

「あそこでご飯を貰《もら》うんです。二人分ください！」

雨妹が美蘭に説明しながら台所へ告げると、美娜《メイナ》が顔を出してきた。

「はいよ、二人分。おや、見ない顔だねぇ」

雨妹たちの食事を差し出しながら、美蘭を見て首を捻《ひね》る。しかし、この疑問についての言い訳は考えてある。

「はい、こちらは最近知り合った他の宿舎の人でして。たまたまこちらを訪ねてきたもので、ついでに食べていけばいいって言ったんです」

下級宮女はこの後宮に大勢いるもので、その全員が雨妹が暮らす宿舎で暮らしているわけではない。宿舎はいくつかに分かれており、ここはその一つなのだ。

この雨妹の言い訳に、美娜は納得したらしい。

「へぇ、こっちの食堂だってなかなかだろう？」

そう言ってニヤリと笑った美娜は、「楽しんでいきなよ」と言って奥へ引っ込む。

食事を受け取った雨妹と美蘭は、空いている卓に二人で座る。今日の献立は白菜とそぼろ肉の餡《あん》かけ麺《めん》で、春節が明けたとはいえまだまだ寒い時期には、身体《からだ》が温まる料理である。

「そうそう、洒落《しゃれ》ていない、こういうドーンとした料理が食べたかったんだ！」

感激した様子で食べている美蘭だが、聞く人が聞けば贅沢《ぜいたく》な話だ。けれど口に入りにくいという意味では、この食堂料理こそ美蘭にとっての贅沢な食事だろう。食堂の雑多な雰囲気も楽しいらしく、耳を澄ませて宮女たちのお喋《しゃべ》りを聞いている。

「ふふっ、どの界隈《かいわい》でも、女っていうのは同じものなんだねぇ」

下世話なものから微笑《ほほえ》ましい話まで、お喋りに夢中な宮女たちの姿に、美蘭は懐かしそうに目を細めた。

こうして食堂を満喫した様子の美蘭であるが、そもそも雨妹に話があってここまで訪ねてきたのだという。なので食堂から離れて人気《ひとけ》のない場所まで移動して、そこいらに置いてある座るのにちょうどいい大きさの石に二人で腰を下ろす。

ちなみにこのあたりは、あのなんちゃって宦官《かんがん》の杜《ドウ》がよく待ち受けている場所でもある。やはりあの人は、人目に付きにくい場所をよく知っているようだ。

人気がなくなったところで、美蘭《メイラン》が声をひそめて語り出した。

「実はね、本人から直《じか》に話を聞いてみたんだ」

これには、雨妹もさすがに驚きの声を上げる。

「本人って、もしかして恩淑妃からですか⁉　大胆なことをしますねぇ」

なんでも美蘭がお茶会を開いて招待して、恩淑妃とその乳母との三人で卓を囲んで話を聞いたのだという。他のお付きの人たちは、全が追い払ったとのことだった。さすが皇太后も強く出られないという女官なだけあって、全はやることが強い。

しかし、美蘭は恩淑妃と対等な立場なので、女官などの余計な者を挟まずに話すことができるのだから、確かにこれは美蘭だからこその手段だ。

「話をしていて感じたんだけど、あの子は悪だくみに加担できるような性格じゃあないね。すごく素直な子どもさ」

美蘭が告げるのは、雨妹が以前恩淑妃について感じたのと、おおむね同じものだった。

話を聞いた恩淑妃は詳しい話はなにも知らず、可愛がっていた飼い猫をある日突然取り上げられた様子なのだそうだ。

「猫も、あの子も、大人のあれこれに巻き込まれただけなんて、可哀想《かわいそう》な話だよ。ただの猫好きの子どもから猫を取り上げて悦に入っているだなんて、いやらしいにも程がある」

「酷《ひど》い話ですねぇ」

憤慨する美蘭に、雨妹も眉《まゆ》をひそめて同意する。

恩淑妃の飼い猫が皇后の宮にいたということは、皇后の命令で猫を行方不明ということにさせたということだ。それは恩淑妃が他国からの贈り物の猫紛失の罪に問われる理由となるもので、皇后が恩淑妃のことも気に掛ける必要のない、もっと言えば邪魔に思っているということに他ならない。

――恩淑妃はまだ子どもなのに、それを無理やり親から引き離して後宮入りさせたのは皇后陛下でしょうに。

それだけでも酷い事だと思うのに、それが自分たちに都合の良い行動をしなかったからといって、無理やり罪をでっちあげて追い出そうだなんて、非道にも程がある。まだ親が恋しい年ごろの恩淑妃が、親切にしてくれる優しい大人に懐くのは、自然な流れだろうに。江《ジャン》貴妃に懐かれたくなかったのならば、皇后自身が恩淑妃の親代わりとして、親身になってやればよかったのだ。

皇后の実子といえば、雨妹にもう二度と遭遇したくないと思わせた、あの大偉《ダウエイ》皇子である。実子があいう風に育っているのだから、皇后が子育てに熱心だとはとうてい思えない。

とにかく恩淑妃には、そんな勝手な大人の被害者になってほしくない。

「けどそうだったら、猫を見つけて恩淑妃に直接返してあげれば、事は収まりそうですね」

恩淑妃自身が事に加担していたならば、事態は悪化するしかなかったのだろうが、そうでないならば解決が可能だろう。

「そうだね、皇后陛下だって、見つけて返した後でまた同じことをやったら、さすがに二度目は陛下が黙っていないだろうさ」

美蘭もこの意見に賛成のようだ。

この猫騒動は皇帝の耳にも当然届いていることだろうし、事に皇后が関わっていたと知れれば、厳しく取り締まることだろう。そうなると、事に関わった恩《エン》淑妃付きの宮女や女官は総入れ替えになるに違いない。入れ替えとはつまり、良くて尼寺追放である。そうなりたくなければ、静かに大人しくしているしかない。

良からぬ輩《やから》を大人しくさせるためにも、猫を見つける必要がある。そのためには、どうにかして皇后の宮に入らなければならないわけだ。

「皇后の宮って、私みたいな下っ端は近付くだけで罰せられるんですよねぇ。なんとかして正面から皇后の宮に入り込む理由が欲しいところです」

宮の中をフラフラしていても、「迷いました」という言い訳が利く程度の理由であるのが最善なのだが、さてそんな都合の良いことがあるものだろうか？

雨妹が「う～ん」と唸《うな》っていると、美蘭が「それだけどね」と言ってくる。

「実はやり方がなくもないんだよ」

そう話す美蘭だが、その表情はちょっと嫌そうなものであった。

第二章　いざ行かん！

美蘭《メイラン》と話し合ってから、三日後。

皇后の宮では、酒宴が催されていた。

広間に皇后が親しくしている妃嬪が集まり、酒を酌み交わしている。大勢の見目麗しい宦官も侍《はべ》っており、妃嬪たちの賑やかな声が響いて、真昼間から少々いかがわしい雰囲気が漂っているように思える。

そしてこの広間の一角には、黄《ホアン》徳妃・才《ツァイ》が陣取っていた。

そこは酒の並ぶ卓の近くであり、いくつもの酒を飲み比べている。

「うん？　この酒は初めてだな。どこの酒だい？」

「それは西方から取り寄せた、珍しい酒でございまして……」

才の疑問を聞きつけた宦官の一人が、すかさず寄ってきて酒についての説明を始めた。

才の周囲には、もちろん彼女の側仕《そばづか》えが守りを固めているのだが、その側仕えたちの隅の方で、三人の娘がひっそりと立っていたりする。

「よくもまあ、昼間からああも酒が飲めるものだねぇ」

「私、聞いたことがあります。皇后陛下は二日か三日に一度は酒宴を催すくらいに、酒宴好きなんだそうです」

「お茶会じゃあなくて酒宴っていうところに、性格が出ているとか？」

三人はそうひそひそと声を交わしているが、この三人というのが実は美蘭と鈴鈴《リンリン》、そして雨妹《ユイメイ》だ。

雨妹たちは才の側仕えと同じ意匠の服装をしており、さらに頭巾《ずきん》を目深に被《かぶ》っている。雨妹は髪の色で目立たないためなのだが、鈴鈴は江《ジャン》貴妃の側仕えとして、美蘭は太子の黄徳妃としての顔バレを防ぐためである。幸いにしてというか、才の側仕えには船乗りの頃の習慣からなのか、頭巾を被る者がちらほらいるので、そう目立たない。

――ここって、まるでホストクラブみたい。

雨妹はこの広間の様子を観察していてそんな感想を抱き、次いで才の方を見る。こちらは見目好《よ》い宦官たちが接待に寄って来ようとするのを、側仕えたちが追い払っているところであった。

――才様は、まるで居酒屋に来た人みたいだよね。

酒を手酌で飲みだす才に、周りはひそひそと何事かを噂《うわさ》しているみたいだが、才はそんなことを気にする風ではない。

皇后側も、才が連れてきた側仕えが妙に多いのには、単に「配下にタダ酒を飲ませるつもりなのだろう」くらいにしか思われていなかった。事実、側近の女官が才と酒を酌み交わしている。

加えて、連れてきている配下が三人ほどいなくなったのも、きっとこの酒の匂いが充満している広間から出て、外の空気を吸いに行ったのだろうと思われていた。

どうして雨妹たち三人が、才の側仕えに扮《ふん》してこのように酒宴に紛れているのかというと、話は美蘭が告げた「皇后陛下を相手にするやり方」というものに遡《さかのぼ》る。

あの翌日、雨妹は朝から美蘭と落ち合うと車に乗せられて、詳しいことはよくわからないままに一緒に向かったのが、黄徳妃・才の宮であった。

今日の美蘭は黄徳妃らしい格好をしているので、すぐに身分が知れて才の元まで通される。

これで美蘭がお忍び用の下っ端宮女の格好であったならば、いくら才の宮でも入れてもらえなかったことだろう。このあたりの準備は、全《チュエン》の手によるものだろうか？　と雨妹は考えたりする。

雨妹はというと、詳しい事はなにも聞かされず、ただ美蘭から「さあ行くよ！」とだけ言われて連れてこられた形なので、ただ黙って後ろからついていくのみだ。

――でも、ここへ来たってことは、美蘭様は才様のお力を貸してもらうつもりなのかなぁ？

才であれば、皇后相手にもそれなりに渡りあえる気がするので、皇后相手の交渉役でもしてもらうのだろうか？

そんな雨妹の内心はともかくとして、今は妃嬪《ひひん》を訪ねるにはまだ早い時間だというのに、才は既に起きていて、庭で鍛錬をしていた。

ブンッ！

春節が明けたとはいえ、まだ冷たい冬の風が吹いているというのに、才は上半身に袖《そで》のない肌着だけという格好で、長い棒を振っていた。その棒が風を切る音が、雨妹の元まで響いている。

「才様、客人でございます」

雨妹と美蘭を連れてきた女官にそう告げられ、こちらを振り向いた才が棒振りを止めた。

「おや美蘭、それと掃除係殿ではないか」

雨妹たちの姿を見た才が近くに控えていた側仕えに棒を手渡し、受け取った濡《ぬ》れた布で汗を拭《ぬぐ》う。

「そろそろ鍛錬も終わる頃だ、ちょうどいい」

才はそう話しながら、庭から部屋の方へと戻ってくる。

部屋には才の運動後のためのお茶と、朝食が用意されていた。己の席に才はドカッと座り、目の前のお茶をまるで酒のようにぐっとあおる。

「お二人もどうぞ」

女官が雨妹と美蘭の分のお茶も淹《い》れてくれて、小さな卓に置かれたので、二人でありがたく席に着く。

――なるほど、美蘭さんはこの鍛錬の時間を狙って来たってわけか。

才と確実に話ができる隙を考えてのことなのだろう。こういうことができる美蘭は、案外気配り上手な人なのだと思う。

「それで？　こんな時間から訪ねてくるだなんて、何用だい？」

才が饅頭《まんじゅう》に豪快にかぶりついてから、そう尋ねる。

これに、美蘭が応じた。

「才姉は前に、皇后陛下の宮に、よく酒を飲みに行くって言っていたよね？」

「……そうなんですか⁉　っと」

美蘭の言葉を意外に思った雨妹は、思わず口からそう零《こぼ》し、しかし才と美蘭の会話の邪魔をしてはならないと、慌てて手で口を塞《ふさ》ぐ。

「まあね、珍しい酒を飲める機会なんて、逃す手はない」

しかし才は驚く雨妹に気を悪くした風ではなく、そのように話す。

「それに、酒宴という場所はよく情報が手に入る。酒は人の口を軽くするものだよ」

そう言って口の端をくっと上げた才は、近くにあるこんがりと焼けた肉にかぶりつく。

「酒が飲みたい方が、先なんじゃないの？」

美蘭が胡乱《うろんげ》気な視線を向けるのに、才が「ははっ」と笑う。

「酒が飲めるから、嫌な仕事だってやる気になるんだよ」

「ふぅん？」

才の言い分に、しかし美蘭は共感できないようだ。

——なるほど、才様にはお仕事なんだなぁ。

才はあくまで、黄家の仕事としてこの百花宮《ひやっかきゅう》にいると思っているので、こうした割り切りができるのだろう。そうでないと、普通四夫人と皇后となれば、皇帝の寵愛《ちょうあい》を奪い合う敵であるというのに、酒席を共にしようとすることの説明がつかない。

そして皇后側も、「あの黄家が自分にへりくだっている」という主張に利用できるため、才がただ酒を飲みに来ることを拒否したりはしないと、そういうことなのかもしれない。

ところで卓に並べられた才の朝食は、下級宮女の朝食よりも食べ応えのあるものであった。

下級宮女は体力勝負の仕事である者がほとんどなので、質よりも量な食事が出されるものだが、それよりも多いとは、妃嬪の朝食としてはあり得ないだろう。妃嬪たちは遅く起きるので朝食を食べず、昼のお茶と朝食を兼ねてとる人が多いのだ。そんな人たちがこの朝食を見れば、きっと食べる前から胸やけするに違いない。

才はこの朝食を平らげていきながら、ニヤリとした顔で美蘭に問いかける。

「なんだい、美蘭もやっと酒の美味《うま》さに目覚めたのかい」

「あんなの、美味《おい》しくなんてないよ」

すると、美蘭がしかめっ面で即答する。やはり予想通り、彼女は酒が苦手らしい。

だが、すぐに表情を引き締めた美蘭が言った。

「けどね才姉、その酒宴に連れていってほしいんだ。下っ端の側仕えとして、端っこくらいに置いてくれるといい」

――なるほど、そういうことか！

雨妹はこれでやっと、美蘭が才を訪ねた訳がわかった。

やはり美蘭は、皇后との交渉で猫を取り返すなんていう、まどろっこしいことを考える性格ではなかった。宮に乗り込んで自力で取り返してやろうと、そういうことなのだ。

才は美蘭と、腑《ふ》に落ちた顔の雨妹を見比べて、「ふぅん？」と呟《つぶや》く。

「なんだい、二人して企《たくら》み事かい？　そいつは面白い話なんだろうねぇ？」

「どこが面白いものか、胸の悪くなる話さ」

才が身を乗り出してくるのに、美蘭は眉《まゆ》をぎゅっと寄せた。

それから美蘭は「ここだけの話だけど」と才に言いおいてから、雨妹を見てくる。どうやら説明は雨妹がしろと言いたいらしい。確かに、この件に先に関わったのは雨妹の方であるので、語るのは雨妹の方がいいだろう。

「ええっとですね、実は……」

雨妹は事のあらましを、最初からざっと話す。

仲の良い江《ジャン》貴妃付きの宮女が、猫を探していること。その猫の飼い主が恩《エン》淑妃であることや、その猫を巡る争いなどを告げる。

ここで強く言っておくべきなのは、雨妹は決して江貴妃や恩淑妃に頼まれたわけではなく、あくまで困っている友人を思っての行動だ、ということだ。そうでないと派閥争いに首を突っ込むという、面倒なことになってしまう。派閥争いの種にしたくないからこそ、太子も頭を悩ませているというのに。

「そんなわけで、私としては下っ端の労力だけでなんとかしたいと思っていまして。そこいらをうろついている迷い猫を捕獲した、ということにしたいんです」

雨妹は自身の希望も述べたところで、喋《しゃべ》って渇いた喉《のど》をお茶で潤す。

話を聞き終えた才は朝食も食べ終えていて、食後の口直しにお茶を飲みつつ、こめかみをやんわりと揉《も》んでいた。

「なんとまぁ、誰かを陥れたいにしても、もっと上手《うま》い手があるだろうに。そういう事が下手なお人だねぇ」

そして才《ツァイ》はそんな感想を述べる。さすが才はこの後宮という場所でそれなりの期間を過ごした人であり、事の善悪だけで話をしない。

――まあ、皇后陛下のやり方が拙いっていうのは、確かに昔からあるよね。

雨妹の生まれに関するアレコレにしてもそうだが、皇后とはどうも根回しということが苦手な人のように思える。皇太后という絶対権力者の庇護《ひご》下に長くいるせいで、なにもかもが強引に押し通せるという考えが根付いてしまったのだろうか？

さらに才は言う。

「それに、子どもや猫をいたぶっていい気分になるだなんて、確かに気に食わない話さ。いいだろう、こっちはただいつも通りに酒を飲みに行くだけ。それに連れていく宮女を、少し増やしてやろうじゃないか」

「……！」

才が話に乗ってくれたことに、雨妹は目を丸くして驚く。

正直に言うと才が協力してくれるのか、不安に思っていた。だって才にはこの話に、なにも得することがないからだ。だからこそ雨妹に妙な期待を持たせてはならないと、美蘭《メイラン》も事前に詳しく説明できなかったのだろう。

「感謝するよ、才姉」

「ありがとうございます！」

美蘭が小さく礼をとるのに、雨妹も慌てて続いて深く礼をする。

これに、才が「ふっ」と小さく笑う。

「なぁに、妹分が世話になったお返しだよ」

そう言った才が、改めて美蘭を見やる。

「……ふん！」

視線を受けて、美蘭がそっぽを向くが、その耳が少々赤い。

「美蘭や、なんでも、あの全殿が宮に入ってくれたそうだね？　太子殿下も、よくあの全殿を口説き落としたものだよ」

才も感心した風に話す。誰もが全が美蘭の宮に入ったことが意外らしい。

「全は、確かにちょっと迫力があるけど、話に聞くほど怖い人じゃあないもの……ちょっとウチの婆《ばば》に似ているかも」

美蘭が全について、そんなことを述べる。

ここで言われた「ウチの婆」とは、美蘭の祖母のことなのだろうか？　美蘭は確か子だくさんの家庭で育ったという話であった。だとすると美蘭が幼い頃は、その母は妊婦だったり、赤子の世話にかかり切りだったりで、年上の子どもである美蘭に構ってやれなかったことだろう。こうした事情は、前世でも子どもが複数いる家庭での「あるある話」である。

そうなると美蘭は母に甘えられず、祖母の手で育てられたのかもしれない。

――美蘭様がお祖母《ばあ》ちゃんっ子だったから、全様に懐きやすかったのかなぁ？

それに全も実は、それまでの「誰もが恐れる女官」という立場に飽き飽きしていた可能性もある。大勢をばっさりと解雇して人手不足である美蘭の宮で、ただの女官として改めてアレコレとやってみたくなったと、案外そんな理由かもしれない。

そんな風に雨妹が他人の事情について想像を巡らせていると、才が話を戻してくる。

「それで、連れて行くのは、お前さんたち二人でいいのかい？」

これに、返答をしたのは雨妹だった。

「あ、いいえ、三人でお願いします！」

この答えに、「三人？」と美蘭が訝《いぶか》しむ。

「もう一人は誰だい？」

尋ねる美蘭に、雨妹は告げる。

「鈴鈴ですよ。猫を江貴妃側の誰かが見つけたとして渡さないと、たぶんネチネチと言われちゃいますよね。形を整えるためにも、救出には鈴鈴も一緒に来てもらう方がいいと思うんです。それに、鈴鈴は猫を捕まえるのが上手い娘ですし」

「なるほど、そりゃそうだね。当事者が参加している方が、気兼ねも減るか」

雨妹の話に、美蘭は納得顔で頷《うなず》く。

「話はそれで決まりかい？　じゃあ、三人分の服を用意しておいてやるよ」

雨妹と美蘭の話を聞いて、才がそう言ってくる。

そんなわけで、雨妹・美蘭・鈴鈴の三人で、皇后の宮へ乗り込むことになったのであった。

話は皇后の宮での酒宴に戻り。

「はぁ～、なんだかすごい所でしたねぇ」

酒宴が行われている広間から脱したところで、荷物を抱えた鈴鈴が深呼吸してそう呟く。

突然この作戦について聞かされた鈴鈴だが、最初は目を白黒させていたものの、今の彼女は使命感に燃えている。鈴鈴はしばらく猫探索が仕事になっているそうで、こうして才の一行に紛れ込める程に時間の余裕があるのだという。

今回の件で才へ話が通ったことについては、雨妹もあまり触れずに曖昧《あいまい》に説明したのだが、鈴鈴は美蘭のことを「才の宮で働く宮女」で、けれど本当ならば主《あるじ》と同行できるような立場ではないのだと考えたようだ。美蘭の仮の身分としては、ちょうどいいものだと言えるかもしれない。

「私の主は酒宴よりもお茶会を好むので、私は酒宴というものに関わったことがなくて」

鈴鈴が周りを憚《はばか》りつつ、小声でそんなことを言ってくる。

それでもたまには酒宴も催されるそうだが、鈴鈴は酔っ払いに絡まれないようにという理由で、遠ざけられるのだそうだ。万が一絡まれたら、下っ端で立場の弱い鈴鈴だと、理不尽な要求にも抵抗できないので、そのあたりの配慮なのだろう。

そうした酒宴でも、離れた場所で待機している鈴鈴にあのような騒々しさは聞こえてこないそうで、先輩の姉さんたち曰《いわ》く、招いた客と静かに酒を楽しんでいるとのことであった。

「場所が豪華なだけで、やっていることは港の酒場とたいして変わらないじゃないか」

さらに美蘭が「ふん」と鼻を鳴らして、手荷物を抱え直しながら、小声でそんなことを話す。言いたいことは雨妹にもわかる。要するに品がない酒宴だと言いたいのだろう。

「才様って、ああいう雰囲気の所で普通にお酒が飲めるのがすごいよねぇ」

雨妹も先程の様子を思い返して、苦笑する。

――酒宴にも、主の性格が出ちゃうものなのかぁ。

江貴妃は落ち着いた雰囲気でお酒を楽しむことを好み、皇后はお酒を飲んで羽目を外す人を眺めているのが好きだと、そういうことかもしれない。

ところで、これまでは美蘭に対してどうしても丁寧な言葉遣いをしていた雨妹だったが、本人から「鈴鈴に対するのと同じ話し方で」と言われた。確かに、お忍びの美蘭は下っ端宮女という設定なのだから、鈴鈴と対応に差をつけるのは、傍目《はため》にもおかしいだろう。

ともあれ、雨妹たちはそんな無駄話をしながらも、その足は目的の場所へと向かっている。言い訳作りのために洗手間《シーショウジエン》に一度寄って、そこから迷った風を装い、以前に猫を見かけた物置へ行こうという手筈《てはず》だ。実際にちゃんと洗手間で用を済ませてから、三人は人目を確認してコソコソと動き、身を隠すために回廊から庭の茂みの方へと移動する。

「このあたりだったんだけど……あった、あそこだよ」

美蘭を先頭にしてガサガサと歩いていき、やがて立ち止まったその先を見ると、確かに物置があった。

その場所は、酒宴をやっている広間などの客を招き入れる区画と、多少は離れているものの、遠いというほどではなかった。

「なんていうか、お客さんが使う回廊から結構近いよね？　物置でも、もっと他の離れた場所があったと思うんだけど」

雨妹は思わず指摘する。

思えば、客であった美蘭が行けてしまう場所であるわけだ。こちらとしては、猫がわかりやすい場所にいてくれて助かったわけだが、隠し方がちょっと雑過ぎはしないだろうか？　美蘭のように一人でフラフラ歩いて物置まで覗《のぞ》いてしまう四夫人という存在が稀有《けう》で、宮女や女官による足止めが難しかったという点を鑑みるにしても、隠すには場所が悪すぎる。

一人首を捻《ひね》る雨妹に、答えを告げたのは美蘭である。

「あれじゃないの？　あんまり辺鄙《へんぴ》な場所に置いておいたら、その様子を見に行く奴《やつ》が面倒じゃないか」

「なるほど、だから自分が普段使いするあたりの物置に、置いておいたのかもしれませんね！」

鈴鈴もさすが宮で普段生活しているだけあって、察するのが早い。

「はぁ～、だとしてもですよ？　なぁんか、こう……」

「わかる、頭悪いよね」

雨妹のモヤモヤとした気持ちを、美蘭がはっきりと言ってきた。

「私の小さい弟でも、もうちょっと上手に隠す気がします」

鈴鈴までこんなことを言うので、やはり「この隠し方は駄目だな」と思ったのだろう。

けど、物置にはさすがに錠前の鍵《かぎ》が掛けられているのが、遠目にも見て取れた。

「鍵かぁ、どうします？」

「シケた鍵だし、壊すのは簡単さ」

「案外、鍵をかけ忘れていたりとか、しませんかね？」

三人で意見を出し合っていた、その時。

「誰か来た、隠れて」

美蘭が足音に気付いたようで、手で合図をしてきたため、雨妹たちはサッと頭を低くする。

茂みの葉の隙間から覗いていると、やって来たのは宮女であるらしかった。

「まったく、いつまでコレをしないといけないっていうの」

その人物は蹴立《けた》てるような足音でやって来ていて、立ち振る舞いに厳しい上役に見られたならば、みっちりと叱られるに違いない。そんな遠目にも不満を垂れ流している様子が窺《うかが》える宮女は、片手に器らしきものを持っているのがわかる。雨妹たちが観察していた物置の前までやって来て、立ち止まった宮女は、持っていた器を地面に置くと、鍵をいじって物置の戸を開けた。

戸が開いてすぐの場所に、大きめの籠《かご》が置いてある。その籠の中に、灰色っぽい塊がうずくまっているではないか。そしてその灰色の塊が身動きして、猫の耳が見えた。

――いた！

間違いない、あれが美蘭が見たという猫だろう。

「まあ、また食べ残している！　残飯臭いじゃないの、全く！」

宮女が文句を言うのが聞こえてきた。彼女が手に持っているのはどうやら餌のようだが、その前に置いておいた餌が残っているらしい。

「猫なら残飯漁《あさ》りをしていればいいものを、わざわざ持ってきてやった餌を食べないだなんて、厚かましいこと！」

ガンッ！

宮女が叫んでから、籠を蹴《け》った音がする。しかし蹴られた猫は鳴いたりせず、静かなものだ。

「鳴きませんね。ご飯が口に合わなくて、衰弱しているのかもしれませんね」

鈴鈴が様子を見ていて、心配そうに呟《つぶや》く。

「猫って、一度美味《おい》しい餌の味を覚えると、それよりも不味《まず》いものは食べなくなるしね」

そう言った雨妹も眉《まゆ》をひそめる。

「餌くらい、ケチらずにやればいいのに、金はあるんだろうが」

美蘭も険しい表情で呟く。

あの宮女は猫の世話を任された人なのだろうと思うけれど、残飯がどうのなんていうくらいだ、餌は台所の余りものを与えているのだろうか？　しかしこの猫は他国からの贈り物である御猫様《おねこさま》なのである。きっと餌も栄養のある高価なものを食べていたことだろう。残飯なんて、そもそも餌として認識できないに違いない。

この雨妹たちの茂みからのひそひそとした批難の声が、あの宮女に聞こえるはずもなく、食べ残しの方の餌を物置の外にポイッと捨てて、新しい餌と入れ替えていた。

――生ごみをポイ捨てするなんて、駄目じゃん！

それこそ、残飯を漁る猫や烏《からす》が来るだけである。それとも、後で掃除係が回収するのかもしれないが、アレはあきらかに行儀が良くない行為だ。ごみはごみ箱へ入れるのは、集団が揉《も》めずに暮らすための最低限の規律なのだから。

雨妹が掃除係として、目の前で行われている言語道断な行為に腹を立てていると、宮女は物置から出てくる。

「昨日よりも臭いじゃない。獣臭さが物置に移ったら、どうしてくれるのよ」

宮女はそんなことをブツブツと言いつつ、換気をして臭いを散らそうというのか、物置の戸を開けたまま去っていく。

そして、物置前には雨妹たち以外に誰もいなくなった。

「獣臭いって言ってましたけど。身体をまめに拭《ふ》いてあげれば、そう臭わないものなのに。御猫様、お手入れをされていないんでしょうか？」

「アレだとむしろ、獣臭いとかいって水ぶっかけてそうだよね。猫って水を嫌がるのにさぁ」

鈴鈴が再び心配そうに呟くのに、美蘭《メイラン》があり得そうなことを言う。

しかしありがたいことに、なんとかして戸を開ける手間が省けたのだし、これは雨妹たちにとって絶好の機会だ。

――っていうか、うかつだよねぇ。大事な隠し物をしている物置を、開けっ放しってさぁ。

それとも、皇后の宮の中では絶対安心だという妙な自信が、皇后やその側仕《そばづか》えたちにあるのかもしれない。それだけ皇后、いや、その背後にいる皇太后の力が絶大であるということなのだろう。だがこのように強力な保護の中で気を抜きっぱなしでいるのであれば、皇后という人は大きな企《たくら》み事ができない人である気がする。

――いや、案外そうした人選が、皇后選びに際して為《な》されたのかも。

下手に企み上手だと、皇太后の地位を脅かしかねないのだから。

そんな華流ドラマオタクとしての考察はともかくとして。

今考えるべきは、あそこにいる猫の奪還方法だ。

「誰も来ないみたいですし、今のうちに乗り込んじゃいますか？」

鈴鈴が提案するのに、しかし雨妹は首を横に振って告げる。

「できれば、足跡とかをつけない方がいいんだよね」

足跡という痕跡《こんせき》を、軽く考えてはならない。誰かが忍び込んだと思われることは、できれば避けたいのだ。筋書きとしては、現場を第三者が見ても「なんらかの拍子にあの籠が壊れて、猫が自力で脱走した」というように思われることが好ましいだろう。

けれどそうなると、あの猫をどうやって雨妹たちの所まで連れてくるのか？　ということになるのだが、ここで美蘭が「ふふん」と鼻を鳴らす。

「そこで、コレの出番なのさ」

そう言って美蘭が取り出すのは、持っている荷物の中の細長い布包みだった。この中身というのが、実は釣竿《つりざお》だ。そう、美蘭は釣竿を隠し持ってきたのである。

「釣竿で、なにをするんですか？」

いまいちピンときていない表情の鈴鈴を横目に、美蘭は包んだ布を外して懐に突っ込むと、釣竿を軽く揺らす。

「見てな、よっと！」

そして勢いよく振りかぶると、釣竿から伸びる糸がヒュン！　と飛んでいき。

ガチン！

釣り糸の先についている釣り針が、猫の入っている籠を引っかけた。

「上手《うま》い！」

「すごいです！」

雨妹と鈴鈴が両手を握りしめて賞賛するのに、美蘭は「まあね」と照れ臭そうに呟く。

「あとは釣り上げるだけさ」

「けど、糸が切れちゃいませんか？」

釣竿を軽く引いて感触を確かめている美蘭に、鈴鈴が心配そうに言う。確かに、籠と猫で結構な重さだ。

しかし、美蘭は口の端をクイッと上げる。

「はっ、これは海で大物だって釣り上げた釣竿さ、籠と猫くらい軽いってものよ！」

そう言った美蘭が釣竿を大きく引くと、猫入りの籠がポーンと跳び上がり、こちらに引き寄せられてくる。籠の中の猫はなにが起きているのかわからず、驚き過ぎているのだろう、鳴き声も上げずに固まっている。

「よしっ、と！」

美蘭は釣竿を上手く動かすと、猫入りの籠を手元へもってきて地面に降ろす。猫奪還、第一段階成功である。

「やりました！　あ、御猫様、あまり鳴かないでくださいね〜、ほら、食べますか？」

猫が手元に来たことに喜ぶ鈴鈴は、しかしすぐに猫をあやすように声をかけ、籠の隙間から茶色いなにかをコロコロと差し入れている。

「その茶色いのはなに？」

雨妹が尋ねつつ、零《こぼ》れ落ちた一つを手に取ってみると、カリカリした感触で、ちょっと生臭い香りがした。

「それはですね、私がつくった猫のおやつです。里にいた猫はこのおやつが大好きだったんで、御猫様も食べるかなと思いまして」

なるほど、前世で言うところのペットフードというものを、鈴鈴は独自で作っていたらしい。作り方は簡単で、肉や野菜の切れ端を台所で分けてもらったものを細かくして、小麦粉で練って固めて焼いたのだそうだ。

鈴鈴には猫運搬係として、とにかく猫を静かに、安全に運ぶ方法を考えてほしいと頼んでいたのだが、それをちゃんと考えて来たようである。

この宮の宮女が持ってきた残飯を嫌がった猫も、このカリカリは食べられる餌らしい。猛烈な勢

いでガリガリと食べ始めた。よほど餌の質が不本意で、お腹《なか》を空《す》かせていたのだろう。

「へぇ、こんなのを食べるのかい」

美蘭はこのカリカリの餌は初めて見たようで、猫のがっつきようを興味津々で眺めている。

「故郷の里では、とにかく食べ物が貴重でしたから、猫の餌でも無駄にできなくて。こうしていると、数日は保《も》ちますから、便利なんです」

「なるほど、知恵だねぇ」

鈴鈴の説明を聞いて、美蘭が感心している。

こうした便利な品は、やはり不便な土地から生まれるものなのだろう。逆に、都ではなんでも揃《そろ》い過ぎていて、こうした便利さを求める知恵は生まれにくいのかもしれない。

ともあれ、猫がカリカリに夢中なうちに、入れられている籠から出す。

籠は鉄ではなく、木でできていた。籠には鍵のかけられた出入り口があるが、そちらは手を付けずに、格子の一部を数回ちょっと強めに叩《たた》くと、やがてひびが入る。そこを強引にグネグネと動かせば、籠に猫が出られる程度の隙間が開いた。

鍵を壊して出すと「人が逃がした」と思われるだろうが、これだったら「猫が暴れたせいで壊れた隙間から、勝手に出ていった」という理由が通用しそうだという、小細工である。

しかし猫は籠が開いたことよりも、カリカリを食べることが大事らしい。動かない猫を、鈴鈴が手を差し込んで出してやっていると、「あれ？」と声を上げた。

「毛で隠れてわかりませんでしたけど、御猫様がずいぶんと痩《や》せてます」

鈴鈴が猫をモフモフと揉みながら確認するのに、雨妹と美蘭は眉をひそめる。

「餌のやり方も酷《ひど》いものだったしね」

「もしかして、ずっと籠に閉じ込められていたとか？」

美蘭の言葉を聞いて、雨妹もそう告げる。

もしそうであったならば、外に出て自力で食料を得ることも叶《かな》わなかったわけだ。外を出歩くことができていれば、どこかの台所の生ごみにでも引き寄せられ、目撃情報も出ただろうに。それができずに弱っているから、今こんなに鳴かず騒がず静かなのかもしれない。となると、美蘭が聞きつけた猫の鳴き声は、この猫の助けを求める悲鳴だったのだろうか？　全て想像でしかないが、もしこれが真実であったならば、酷い話だ。

――それにしても、万が一御猫様の死体が、誰か第三者にこの宮で見つかってしまったら、皇后陛下はどうするつもりだったんだろう？

他国からの贈り物の大事な猫だからこそ、己に歯向かう敵を貶《おとし》める武器に成り得ると考えたのだろう。だがそれは、皇后に刃《やいば》が向くこともあり得る武器であるというのに。せめて健康な状態で見つかれば、「虐待を受けていたので保護していた」という言い訳ができるだろうに。

――あの父が皇后陛下を嫌うのが、なんかわかる気がするかも。

皇太后に押し付けられた女性であるという以外にも、こういうところが嫌なのだろう。

雨妹が思うに、あの人は素直な性格の人を好む。戦乱の頃には数多《あまた》の企みを撃破してきたはずで、その影響で裏表のない相手を好ましく思うのだろう。逆に言うと、このような半端な企み事を仕掛ける人は、大っ嫌いに違いない。この件にも、「出来ないことに最初から手を付けるな！」とでも言いそうだ。

雨妹がカリカリに夢中な猫を見ていて、微妙な気分になっていると、美蘭が「そうだった」と荷物を探り出す。

「ほらよ、コレもお前さんのお気に入りだろう？」

そう言って美蘭が荷物から取り出したのは、傷だらけの爪とぎ板だ。

「ニャッ！」

これを見た猫は目の色を変えて、バリバリと爪をとぎ出す。きっとずっと爪とぎができず、爪がムズムズして仕方なかったのだろう。この調子だと、しばらく爪とぎに夢中になっていてくれそうだ。

「よし、じゃあ今のうちに逃げるとしますか」

「そうだね」

「はいっ！」

雨妹が告げると、美蘭と鈴鈴も賛成してくる。

鈴鈴は爪とぎ板ごと猫を竹籠《かご》に入れると、それを布でくるみ、そこにカリカリも一緒にたくさん入れておいてから抱え上げる。カリカリと爪とぎ板があれば文句はないのか、猫は大人しく抱えられたままだ。

壊れた籠の方は物置の方へ放って、「猫が暴れたせいで籠が転がって壊れて、脱走した」という流れを演出したところで、とっとと退散だ。

雨妹たちはあらかじめ、皇后の宮から脱出するのに都合がいい、人気《ひとけ》のない乗り越えられる塀の目星をつけてあった。なので雨妹たちはそちらに向かうべく、コソコソと移動する。

誰かに見とがめられないように、気を付けて移動していたつもりだったのだが、やはり誰にも会わないままに逃げるというのは、無理があったらしい。

隠れるものがない回廊を横切れば、もう目的の塀にたどり着けるというところまで来たのだが。

「まったく、私にばっかり嫌な仕事を押し付けて、後で見てなさいよ、本当に嫌になっちゃう……」

こんな風にブツブツと愚痴りながら、回廊の欄干に寄りかかって動かない宮女が一人いた。今サボっているのか知らないが、ずっと愚痴が止まらないその宮女はよほど心労が溜《た》まっているのだろうけれど、それにしてもその回廊で愚痴るのを止《や》めてほしい。

――むぅ、邪魔だなぁ。

しかも、あの調子だとすぐに移動しそうにない。それにこの後この回廊に人が増えないとも限らないので、むしろ一人だけしかいないのは絶好の機会なのだろうか？　こうして迷っている間にも、もしかして状況が悪化するかもしれない。

――よし！

雨妹は己に気合を入れると、鈴鈴と美蘭《メイラン》を振り返って告げる。

「私が今からあの人に話しかけるから、二人はその隙にここを通り過ぎて。私はうっかり迷ったことにして黄《ホアン》徳妃の元に戻れれば、安全に外に出ることができるしね」

これは、最初に決めていた三人での役割分担なのだ。美蘭は荒事担当、鈴鈴は猫運搬担当、そして雨妹は立ちはだかる誰かを言いくるめる担当である。鈴鈴も美蘭も、あまり弁が立つ方ではないため、万が一誰かに絡まれた際には、言いくるめることには自信のある雨妹の出番だ。

それに、こういう場合には鈴鈴と美蘭を逃がさないと拙《まず》いだろう。鈴鈴は調べれば江《ジャン》貴妃付きだと知れてしまうだろうし、美蘭は当然ながら一番見つかってはならない人物だ。

この案に、先に頷《うなず》いたのは美蘭だった。

「そうだね、それが一番いいか。よし、鈴鈴行くよ」

「蘭蘭《ランラン》さん……、わかりました。気を付けてくださいね、雨妹さん！」

「おまかせあれ！」

美蘭と鈴鈴に、雨妹は胸をドンと叩いて頷く。

そして、雨妹は二人と離れた場所まで移動して、フラフラとした足取りで現れてみせた。

「あっ、よかった人がいたぁ！　おぅい、お～い！」

雨妹が大げさに騒いでいると、その宮女は反応して振り向く。

「あのぅ、ここはどこでしょうか？　主《あるじ》のいらっしゃる広間まで、どうしても戻れなくて。助けてくださ～い！」

雨妹が胸の前で手を組んで、悲しそうな表情をすると、その宮女は「はぁ？」と声を上げる。

「なによあなた、広間の客人のお付き？　こんなところまで来るなんて」

怪訝《けげん》そうな宮女に、雨妹は「お恥ずかしい話ですけど」と切り出す。

「それが私、昔からどうにも迷いやすくてぇ。どこも似たような場所に見えるし、どちらに行けばいいのかと、本当に困っていたんです。あなた様は救いの仙女様ですね！」

「大げさな娘、どれだけどんくさいのよ」

「へへ、よく言われますぅ」

「その格好だと、もしかして黄徳妃のお付きかしら？」

「そうなんです！　早く戻らないと、せっかく特別にこうしてお供に加えてもらったのが、また下っ端働きに逆戻りしちゃいます！　ぜひ、助けてください〜！」

まくしたてるような雨妹の訴えを、宮女はどうやら信じてくれたようで、「仕方ないねぇ」と言ってくれた。

こうやって雨妹が宮女と会話をしているうちに、鈴鈴と美蘭がこそこそと回廊を横切っていく姿が見える。その二人がまた茂みへと姿を隠せば、雨妹の役目は完遂だ。あとは、本当にここから広間への戻り方がわからないので、ちゃんと教わるだけだ。

「広間はあちらの方よ、けど途中に回廊が交わる場所があって、もしかしてそこで違う方へ曲がってしまったのかしら？」

「そうなんですか？　緊張して下ばかり見ていて、そんな回廊があったこともわかっていませんでした」

「まあ、新入りの頃なんてそんなものよ」

宮女が親切にも、雨妹を慰めてくれていた、その時。

「皇帝陛下よ！」

「皇帝陛下がいらっしゃった！」

そんな声がどこからか響いてきた。

「なんですって⁉」

「はいっ⁉」

これに宮女と雨妹は、同時に驚きの声を上げた。

「皇帝陛下⁉　そんなお人が来るなんて、聞いてないから！」

「……そうなんですか？」

慌てる宮女の態度に、雨妹はぼんやりを演じながら尋ねる。

「そうよ、そもそも陛下はこちらの宮に寄り付かないようにしているらしいもの」

すると宮女はかなり明け透けに話してきた。彼女はあまり主への忠誠心が高くない、下っ端なのだろう。

「ははぁ、私も聞いたことがありますけど、不仲って本当だったんですねぇ」

「けど、お偉い人の結婚なんて、そんなものなんでしょうよ。って、こんなことをしている場合じゃあないのよ、行かなきゃ！」

雨妹の感想に、宮女はうんうんと頷いてから、ハッとした顔になる。

「あなた、とにかくそちらに行けば人が大勢いるでしょうから、そちらで改めて道を聞きなさい！

私は忙しいから！」

「はい、わかりました！　ご親切にありがとうございます！」

その親切な宮女に礼の姿勢をとってから、バタバタと早足で去っていく後姿を見送る。

こうして、この場には誰もいなくなったところで。

――よし、私も逃げるか！

雨妹も当初の予定通りの逃走口に向かうのだった。


「よいしょっ、あ！　おーい二人とも！」

塀をよじ登って越えた雨妹は、少し離れた木の下に座っている、鈴鈴と美蘭の姿を見つけた。

「雨妹さん、出てこられたんですね！」

鈴鈴がぴょこりと跳ねるように立ち上がり、ブンブンと手を振ってくる。

「もしかして、待っていてくれたの？」

「ひょっとして、あれからすぐに撒《ま》いてくるかもしれないって思って、ちょっとだけ待ってみようっていうことになってね」

駆け寄った雨妹に、美蘭が布に包みなおした釣竿《つりざお》を担ぎつつ、そう言ってくる。

「無事でよかったです！」

「そっちも、あれから何事もなく逃げられたみたいで、よかったよね」

猫が入った籠をくるんだ包みを抱えた鈴鈴と、雨妹がお互いの無事を喜び合っていると。

ガラガラ……。

どこからか車がやってくる音が響いてきたので、雨妹たちは用心のために木の陰に身を隠す。するとやってきたのは軒車で、それは雨妹たちが潜んでいる場所の目の前で止まった。

「出てこい、他には誰もいないぞ」

呼び掛けて来たその声は、立彬《リビン》のものだった。

「さすが立彬様、ちょうどいい頃合いですよ！」

「こら、声が大きい」

雨妹が褒めたたえる声を、立彬がそう叱責してくる。

「誰かに見つかる前に、早く乗れ」

「はぁい」

立彬に促されて、雨妹たちはさっさと軒車に乗り込む。

雨妹たちは、帰りのこともちゃんと考えていた。この猫入りの籠を抱えて歩く、もしくは三輪車で帰っていては、どこかで見つかって問いただされるかもしれない。だから、なにかしらの安全な移動手段が必要だと考えたのだ。

しかし、そのような足を用意する力は雨妹や鈴鈴にはないし、普段移動手段に頓着《とんちゃく》しない美蘭がそれを手配しては、妙に悪目立ちするかもしれない。

そこで相談という名目で巻き込んだ相手が、立彬である。

『事前に相談してきただけ、賢い行動だと言えるだろうが』

今回の秘密の猫奪還計画を聞かされた立彬からは、かなり呆《あき》れられてしまったが。

立彬が用意してくれた軒車は、下位妃嬪《ひひん》が使うような装飾がほとんどない簡素な意匠で、通っていてもあまり注目されるようなものではない。どうやら目立たないものを選んでくれたらしい。立彬自身も簡素な格好をしていて、太子付きの宦官《かんがん》には見えない。

その軒車の中では、あまり座り心地の良くない椅子に、緊張感が抜けた雨妹がダラーンと座っている。

「はぁ〜、これでもう一安心かぁ」

雨妹の気の抜けた声に、鈴鈴が床に置いた包みの中を覗《のぞ》き込みつつ、クスッと笑う。

「ドキドキしましたねぇ。けど変な話なんですけど、ちょっと楽しかったです」

この鈴鈴の感想は雨妹にもちょっとわかる。内密の行動というのは、緊張感とハラハラドキドキする気持ちとで、不思議と心が浮き立つのだ。

「わかるよ、恐々とするのが、逆に癖になるんだよ」

美蘭まで同意したので、三人で笑い合う。

そうしていると、しばらく走った軒車は太子宮の敷地近くまでやって来たところで止まった。

ここから鈴鈴は軒車を下りて、そこいらで猫探しをしていた風を装って帰るのだ。藪《やぶ》に隠れていた所を見つけたことにするのだが、幸い猫はそう思われても仕方がないくらいに薄汚れているし、鈴鈴の服装も既にいつものお仕着せに着替えている。

御者席にある小窓が開き、立彬が話しかけてくる。

「降りろ鈴鈴。お前は猫を探していて、どこぞの藪の中で偶然見つけたのだぞ?」

「はいっ、わかっています!」

そう確認された鈴鈴は力強く頷くと、軒車から降りたところで、車内をくるりと振り返った。そして猫の籠を傍らに置いた鈴鈴が、地面に膝《ひざ》をつく。

「雨妹さん、蘭蘭さん、本当にありがとうございました!」

そして、そう礼を言ってくる。

子どもの頃から滅多なことで膝をついてはならないと教えられるこの国で、膝をついてみせるのは最上の礼の印だ。「そんなことをしないで」と言うのは、鈴鈴のこの気持ちを無下にする行為だろう。なので雨妹はニコリと微笑《ほほえ》み、告げる。

「お礼だったら今度、とびきり美味《おい》しいおやつをご馳走《ちそう》してよ」

「私は、鈴鈴の里採れの蜂蜜《はちみつ》っていうのに、興味があるね」

雨妹に続いて、美蘭もお礼を強請《ねだ》ったので、鈴鈴は一瞬目を見開いてから、パアッと笑う。

「はいっ! 必ず用意しますね!」

そう告げると鈴鈴は立ち上がってまたクルリと振り返り、早足で駆け去っていく。

やがて、遠くから声が響いて来る。

「姉さま方〜! とうとうやりました、いました、御猫様を見つけましたよ〜!」

その声が、この猫奪還計画が成功に終わった合図だ。

「よかった、本当に」

今頃、皇后の宮では色々と大変なことになっているだろうが、雨妹は満足感に満たされていた。

「これで丸く収まるってものさ。あ〜喉《のど》が渇いた、茶を飲みに帰ろう。雨妹、お前さんもおいで」

鈴鈴と猫がいなくなったことで、広くなった車内の席にごろん、と横になった美蘭《メイラン》が、そんなことを言ってくる。ちょっと帰りにお茶していかない？　という気軽さだが、呼ばれているのは黄徳妃の宮である。そして下っ端宮女の雨妹は四夫人に否を言える立場ではないし、全《チユエン》の美味しいお茶が魅力的でもある。

「では、ちょっとだけお邪魔させていただきます」

「……宮まで車を回しましょう」

雨妹が返事をすると、二人のやり取りが聞こえていた立彬が、窓越しにそう告げてくる。

その後、美蘭の宮で立彬まで全のお茶をご馳走になることになった。雨妹が早くもこの宮と全の凄味《すごみ》に慣れてしまった一方で、立彬が非常に緊張した面持ちでお茶を飲んでいる様子を見て、ちょっとかわいそうだと思うのだった。

＊＊＊

雨妹が美蘭の宮でお茶を楽しんでいる頃よりも、少々時は戻り。

皇后の宮では、皇帝が突然現れたことにより、酒宴の場は騒然としていた。

酒でいささか陽気になりすぎていたものは途端にその酒も醒《さ》め、見目好《よ》い宦官と良い雰囲気になっていた妃嬪は、その宦官を突き飛ばすようにして引きはがし、自身の少々はだけていた衣服をお付きに整えさせている。

皇后ですら、色々と側仕《そばづか》えたちにわめき散らしつつ、身なりを整えさせている。あの様子だと、皇帝がこの場へ来るのを少しでも遅らせようとしているのだろう。

そんな広間の様子を眺めながら、黄《ホアン》徳妃・才《ツァイ》は変わらず酒の器を呷《あお》っていた。

「ふん、そう慌てるくらいなら、最初から大人しくただ酒を飲んでいればいいものを」

「酒に飲まれている者ばかりでございますので、ロクな状況判断ができますまいて」

滑稽《こっけい》な喜劇を見ているような心地で場を眺めている才に、腹心の女官が他の耳を憚《はばか》らずにそんなことを言う。いや、この状況だと、才たちの話を盗み聞きする余裕などないだろう。

このような、船乗りの感覚からしても少々他人に見られたくないであろうというような酒宴を催すから、あのように慌てる羽目になるのだ。まあ、このような性質の酒宴だからこそ、才にとって利のある情報が多く手に入るのだが。

しかし、このような場所に「例の三人組」を引き入れたとなっては、後でなにかしらの苦情くらいは言われるのだろうか？　一応、このような爛《ただ》れた様相になる前に、外へと送り出したのだが。まあ、苦情を言われたからといって、才がどうなるものでもないし、気にもとめないのだけれども。

「アレらはどうだ？」

誰にともなく尋ねた才に、別の女官が寄ってきて、耳に口元を寄せてくる。

「事を成し遂げ、既に離脱済みです」

「それはよかった」

うまく行ったのならば、才が協力した甲斐《かい》があったというものだ。美味《うま》い酒も十分に飲めたし、後はよい具合を見計らい、帰るだけである。

そのように才が一人微笑んでいると。

「皇帝陛下、皇帝陛下がいらっしゃいました！」

そのように半ば悲鳴のような声が告げた途端、広間の奥へ向けて整列していた一同が叩頭《こうとう》をして、これまでザワザワしていた広間がシィンと静まる。その中、皇帝・志偉《シエイ》がゆったりと、しかし大股《おおまた》な足取りで現れた。

志偉のお付きが速やかに動き、先程まで皇后が座っていた椅子を整えたところで、そこに志偉がドカリと座る。

その志偉の前に、皇后が頭を下げたまま、膝を使ってにじり出る。

「皇帝陛下、ずいぶん突然のお越しでございますが、嬉《うれ》しく思います」

微《かす》かに頭を上げて笑みを作った皇后が「突然現れるのはいかがなものか？」と暗に言うのに、志偉は「ふん」と鼻を鳴らす。

「朕《ちん》が抜き打ちで来ると、なにか不都合があるのか？　これが王《ワン》美人であれば、いつ訪ねても大歓迎してくれるのだがな」

普段視界にも入れない美人の位と比べられた皇后は、作り笑いがとたんに崩れる。

「なんという侮辱を……！」

「ほう、真実を告げたものを、侮辱と取るか。それに、春節にもさんざん飲んで騒いだであろうに、こうも酒臭い騒ぎとは。暇を持て余していると見える」

ぐっと唇をかみしめる皇后を、志偉は冷たい視線で見下ろす。

——いつにも増して、口が悪いことだ。

皇后のいくらか後ろにいる才は、自らも叩頭の姿勢をしたままだが、この皇后と志偉のやり取りに耳を澄ませて観察していた。普段は皇后になにを言われても取り合わないことが多いのだが、今は正面切って言い返している。

「なに、今日は大事なことを伝えておかねばならぬと思い、こうして訪ねたまでだ」

「……どういったことでございましょうか？」

志偉の言葉に、皇后は警戒半分、期待半分といった声で問う。

なにしろ、春節明けの挨拶《あいさつ》の言葉で、苑《エン》州への進軍を宣言したばかりだ。進軍理由は苑州が東国の手に堕《お》ちようとしているため、「外敵を押し返して国土の平穏を取り戻す」というものだった。

軍人としての才能のある皇子を持つ皇后としては、もしやその進軍の将軍に大偉《ダウエイ》皇子が指名を受けるのでは？　という期待に胸が膨らんでおり、それもあってのこの酒宴での大騒ぎなのだ。

そんな皇后の様子を見やって、志偉が告げたことは。

「朕は素直な者、己の分を弁《わきま》えている者を好ましく思う。反対に、馬鹿は嫌いだ」

唐突にそう告げた志偉に、ただでさえ静かな広間に、まるで底冷えするかのように冷たい静かさが流れる。

「知恵が働かぬ者は、せめて黙って大人しくしておくのが長生きのコツよ。この宮は春節のどさくさで、ずいぶんと人を減らしたと聞く。人が居つかないのは徳のなさだと、評判になるやもしれぬな」

それだけ話した志偉は椅子から立ち上がると、この場は酒宴であるというのに、なにも飲み食いせずに出て行く。

志偉の足音が十分に遠ざかったところで、一同がそろそろと頭を上げて、再びザワザワと声を交わし出した、その時。

ガシャン！

なにかが割れる音がしたと思って見てみれば、皇后が手近にあった酒瓶を壁にぶつけたのだ。

「わたくしが、わたくしがあのようなことを言われるなんて……！」

皇后が酷《ひど》く興奮した様子で叫んでいる。

「……行くぞ」

その様子を横目にして、才はこれ以上この場に留《とど》まっても利になることはないと考え、広間を出た。

回廊をしばらく歩くと、なんと先に志偉の姿がある。何故《なぜ》か立ち止まっていて、このままでは才と行き当たることになるだろう。

しかし才は、志偉がどこかで自分を待っている気がしていた。なので才は特に慌てることもなく志偉の前まで来ると、叩頭をしようとする。

「よい」

けれど志偉がそう告げて軽く片手を上げたので、才は略礼に留めた。

「皇帝陛下、かような場所ですが、お久しぶりにお顔を見ましたので、ご挨拶を申し上げます」

そう挨拶の言葉を述べる才を、志偉が眉《まゆ》を上げて見てくる。

「黄才よ、お主はよくかような酒の不味《まず》くなる酒宴に付き合うものだな」

どうやらああした雰囲気の酒宴を好まないらしい志偉に、才は微笑みを浮かべる。

「ふふ、かような場であるからこそ、皆色々とポロポロと落としていくのですよ。それに、どこであっても酒は美味いものです」

「なるほど、朕はそこまで割り切れぬわ……ところでお主、お付きの者が足らんのではないか？」

志偉が遠回しなことを言わず、ズバリと尋ねた。

――やはり、このことを聞きたかったのか。

「さて、洗手間《シーショウジエン》へ行って、迷いでもしたのでしょうねぇ。なにしろ、今回初めて付き人として連れて来た新入りたちですので、物慣れぬのも無理はないことです。もしや途中で付き人に戻るのに嫌気がさして、勝手に宮に帰ってしまったかもしれませんね」

予想がついていた才は、大いにすっとぼけてみせた。ここは皇后の宮、おかしなことを言えるものではない。

「そうか。迷った末に、どこぞで野良猫とでも戯れておるやもしれんな」

志偉は口の端をかすかに上げてそう話すと、もう用事は済んだとばかりに去っていった。

残された才は、「やれやれ」とため息を吐《つ》く。

――あのお人も、人の親であったか。

大方あの青い目の宮女のことが心配になって、普段寄り付きもしない皇后の宮にやって来たのだろう。皇帝の訪れとなれば、宮の者たちは下っ端宮女などという、どうでもいい輩《やから》に係わっている場合ではなくなり、例の三人組は逃げやすくなる。

もしそれを狙って乗り込んだのであれば、なんとも可愛《かわい》らしい所があったものだ。

「あれが大爺《じい》様を散々振り回した男だとは、おかしなものだ」

才は「くくっ」と一人笑ってから、自らも皇后の宮から退去するのだった。

＊＊＊

「猫が見つかった」との知らせが入った恩淑妃の宮は、大変な騒ぎになったそうだ。

その多くは「見つかってよかった」という意見であったが、ごく一部の者は「まさか⁉」と言いたげな反応であったという。

その猫は明賢《メイシエン》が用意した場で、江貴妃《ジヤン》側から恩淑妃側へと手渡されることとなった。そこには明賢も立ち会うので、当然立勇《リーヨン》も明賢の背後に控えている。

明賢がいるため、猫を恩淑妃から奪い去った一味であろうと思われる女たちは沈黙しているが、その不満そうな表情が隠せていない。

——あの者たちは入れ替えだな。

立勇は不満顔の者たちの顔を覚えるように、一人ひとり確認する。

そんな立勇をよそにして、江貴妃自らが恩淑妃に話しかけた。

「この者が、猫殿を見つけた功労者です」

江貴妃に紹介されて、緊張した面持ちの鈴鈴が、ぎこちない足取りで進み出てくる。その両手には、例の猫の入った籠《かご》を持っていた。

「あの、その、御猫様を探していて、迷子になっていて藪《やぶ》の中にいたのを見付けました！」

鈴鈴は事前に打ち合わせした通りの設定を述べたが、まったくもって拙い演技である。恐らくは失敗してはならないと、気負っているせいだろう。しかしこれも、恩淑妃の目の前に連れて来られた緊張感だと、言い訳できなくもない。

立勇が少々心配な気持ちで見守っていると、鈴鈴が抱えていた籠を差し出す。

「こちらでございます」

籠の中の猫はちゃんと洗って毛並みも整えられているものの、皇后の宮での仕打ちと栄養状態の悪さ故か、毛並みに艶《つや》がないように思える。

籠はまず恩淑妃の宮の宮女が受け取り、それがまた女官に手渡され、恩淑妃の前へと持っていかれる。

「弥弥《ミミ》、良かった無事で」

「ニャア～ン」

恩淑妃が手を伸ばすと、どうやら弥弥という名であるらしい猫は小さく鳴いて、恩淑妃の手をペロリと舐《な》めた。目を細めて嬉しそうな恩淑妃だったが、とあるものを見てハッとした顔になる。

「……あ」

小さく呟《つぶや》いた恩淑妃が手に取ったのは、籠の中に猫と一緒に入れられている、爪とぎ板だ。

「ばあや……」

恩淑妃が隣にいる女官に声をかけると、その女官が眉を上げた。

あの爪とぎ板は、蘭蘭《ランラン》と名乗ったお忍び姿の美蘭《メイラン》が持っていたものだという話であったが、それをどのように手に入れたのかということまでは、鈴鈴も雨妹も聞かなかったとのことだ。

「この爪とぎ板は、どなたから受け取ったのですか？」

「ばあや」と呼ばれる女官が、鈴鈴に直《じか》に尋ねる。

――もしや、出所は恩淑妃の宮なのか？

立勇は確認不足だったことを今更悔いて、もしや揉《も》め事《ごと》になるか、と神経をとがらせていると。

「それは、友人が御猫様《おねこさま》のために用意してくれたものです」

緊張していた鈴鈴は、この問いにニコリと微笑《ほほえ》んでから答えた。

「実はですね、御猫様は私一人で見つけたわけではないのです。二人の友人たちがとても熱心に手伝ってくれまして。その爪とぎ板は、友人の一人が御猫様に献上したものです」

「友人……」

恩淑妃が驚愕《きようがく》の気持ちを隠せず、そうポロリと声を漏らすが、女官はそんな主《あるじ》の肩をトントンと叩《たた》いてから、さらに鈴鈴に問う。

「そのご友人とは、どのような方なのでしょうか？」

この女官の厳しい顔での追及は、通常ならば「叱られるかもしれない」と萎縮するところであろう。

しかし、鈴鈴は違った。

「それはですね、二人ともどちらも素敵な人なんですけど、爪とぎ板を持っていた蘭蘭さんの方は、行動力があって、思い切りがいいんです。それに、釣竿《つりざお》を器用に操ってみせるんですから！」

自慢ができることが嬉しいのだと言わんばかりに、笑みを浮かべる。これを聞いた女官は、毒気を抜かれたようにきょとんとしている。

「まあ、このような場でも友人自慢だなんて、鈴鈴ったら」

このやり取りを心配そうに見守っていた江貴妃が、そう言ってコロコロと笑った。

「ごめんなさいね、小恵《シヤオフイ》。この娘はその友人たちのことが大好きで、隙あらば自慢話をしたがるの。わたくしもね、この自慢話を何度も聞いたのよ？」

江貴妃が恩淑妃の名を呼んでからそう話すと、恩淑妃が戸惑うように女官と目を見合わせる。

鈴鈴は、このままだと猫を見つけたのが自分一人の手柄になってしまうので、協力者の手柄をちゃんと宣伝したい一心なのだろうと、立勇は推測する。その熱意が、今はどうやらいい方へと転がったようだ。

「その友人という方々は、とても良い人なのでしょうね」

窺《うかが》うように尋ねる恩淑妃に、鈴鈴は「もちろん！」と頷《うなず》く。

「二人とも、自慢の友人たちです！」

そう返す輝きに満ちた鈴鈴の笑顔を、恩淑妃は眩《まぶ》しそうに眺めるのだった。

第三章　妙な旅人たち

春節が終わった都では、春を思わせる花や装飾が通りを賑《にぎ》わせていた。厳しい寒さがまだまだ続く気候でも、春節を過ぎれば春なのだ。

――春が待ち遠しいのは、辺境も都も同じなんだなぁ。

お使いで宮城の外に出た雨妹《ユイメイ》はこの光景を眺めてそんな感想を抱きつつ、のんびりと歩いていた。春節明け早々に起きた猫騒動も無事に解決できたし、なにやらすがすがしい気分でもある。

都では雪がそこそこ積もるが豪雪というわけではなく、そのあたりは辺境とは違う景色である。辺境の雨妹がいた里では、乾燥するために雪はそうそう降らず、ひたすらに寒いだけなのだ。けれどちょっと山の方に移動したらとたんに豪雪地帯になるという、極端な土地なのが辺境である。

ちなみに本日雨妹が外に出たのは、明《ミン》の屋敷を訪ねるためであった。明は皇帝に信頼されている軍人であり、さらには雨妹の母と交流のあった人でもある。けれどつい最近まで酒に溺《おぼ》れた酔っ払いであったのが、心を入れ替えて酒浸りの生活を改善し、無事に軍に復帰できている。

雨妹はそこに滞在している許子《シュ・ジ》の様子窺《うかが》いに来たわけだが、この許子というのは、腕のいい琵琶《びわ》弾きの売れっ子宮妓《きゅうぎ》であったのだけれども、国境の戦場に出稼ぎに行ってしまった恋人の訃報《ふほう》に触れ、心も体も病んでしまっていた。それが実は恋人は生きていると知れて、元気を取り戻した許子に皇帝から恩赦が下り、宮妓の身分から解放されたのだ。さらには恩給が出されて内城の屋敷が下賜されることとなったのだが、いよいよその屋敷が決まったため、そこを覗《のぞ》いていこうというのが、雨妹の今回の目的だ。このお使いは、楊《ヤン》が許を気にしている雨妹のことを気遣って用意してくれたもので、今はその帰り道であった。

――っていうか、元人気宮妓の新婚生活に、楊おばさんも興味津々なんだろうなぁ。

雨妹はそんな風に思う。

『相変わらず、物見高い奴《やつ》らだな!』

家主の明にはそう言われて苦々しい顔をされたが、後宮の女は目新しい話のネタに常に飢えているものなのだから、諦《あきら》めてほしいところだ。

ところで、これはお使いなので、もちろん同行者がいる。

「いやぁ、街も少しは静かになったか?」

雨妹の隣でそう言っているのは熊、もとい李《リー》将軍である。

雨妹としては、門前で待ち構えている姿を見た時には「またか」と脱力したものだが、李将軍が出張ってきたのは、おそらくは最近の時世も関連しているのだろう。

なにせ先だって、皇帝が苑《エン》州への進軍を宣言したのだ。

後宮でもこの進軍について色々な噂《うわさ》話が飛び交っていたのだけれども、雨妹は例のケシ汁の出所が東国だったのではないか? と怪しんでいたりする。ケシ汁による薬害を東国からの先制攻撃だと考えるのならば、国の面子《メンツ》としてこうなるのも無理からぬことだ。

そのため、通りでも久しぶりの戦の気配に浮足立つ者と不安顔をする者と、様々な人々が見られた。李将軍は雨妹の供にかこつけて、こうした様子を観察しているに違いない。

――まあ目立つ人だから、普段一人でフラフラしていると皆を妙に不安にさせちゃうもんね。

雨妹としては戦争をしなくて済むならばしない方がいいと思うが、「やられっぱなしで放置すると相手を増長させる」という意見もわかるので、難しいところだろう。

そんな物騒な話はともかくとして。

「許さんも元気そうでしたし、先のことが決まってよかったです！」

「そうだなぁ、これから頑張ってほしいもんだ」

雨妹が弾む声で言うのに、李将軍もしみじみと告げる。

許は明がかかっている医者に診てもらい、風湿病も順調に改善している。それに恋人を亡くしたという話もそうではなかったと知れ、風湿病の大敵である心労が消えたことも大きいだろう。

今後をどうするのかというと、許は教坊の師範としての仕事と同時に、両親がやっていた店を恋人の朱仁《ヂウ・レン》と共にもう一度やるのだそうだ。かつての店は色々取り扱ってはいたものの、主力商品は布地であったという。許は皇帝から出た恩給を店の復興へ使い、まずは小さな店から始めるらしい。

朱が東の国境の里からの旅で出会った様々な行商人とのつながりも生かせるというし、許は後宮で高級品を頻繁に見たことで目が肥えたであろうから、きっと審美眼も鍛えられたに違いない。

雨妹も少しでも手助けになればと思い、佳《カイ》には珍しい異国の布地があると教え、利民《リミン》への繋《つな》ぎにも多少頼りになるかと考え、自分の名前で一筆したためて渡しておいた。許は両親のいた頃にも佳と取引をしたことがなかったらしく、朱と「もう少し暖かくなったら二人で行ってみようか」と話していた。

——いいね、新婚旅行だよ！

他人事《ひとごと》ながらニマニマしてしまう雨妹だが、あのゴミ捨て場で果てようとしていた許がこうまで変わるとは、嬉《うれ》しいものである。

もちろん、許が内城に賜ったというお屋敷も見てきた。

そこはかつて不正で職を追われた官吏が住んでいた屋敷なのだというが、広すぎず狭くもなく、二人が多少の使用人を雇って暮らすには十分な建物だった。許もこれから自分好みに中を整えていく楽しみがあるというものだ。掃除をする時は、ぜひ呼んでほしい。人様のお屋敷を探検するのはワクワクするのだから。

ウキウキが止まらない雨妹に、李将軍が提案してくる。

「せっかくだし、外城に出てなんか食っていくかぁ？」

「やった、食べましょう、食べましょう！」

もちろん、これに大賛成な雨妹である。

というわけで外城に出た雨妹たちは、李将軍のお気に入りだという大衆食堂に入った。

「ここは湯円《タンユエン》を出しているんだ。これがなかなか美味《うま》くてなぁ」

李将軍がそんな風に話す。

都では春節の終わりである元宵節《げんしょうせつ》に、湯円という餡子《あんこ》入りの白玉団子を甘い湯に浮かべたものを食べる習慣がある。この食堂では元宵節の後もしばらく、それを出しているのだという。

——湯円かぁ、いいね！

雨妹は湯円が大好きだ。辺境では湯円を食べる習慣はなかったのだが、湯円を食べる地方出身の尼が、時折おすそ分けしてくれて食べたのが贅沢《ぜいたく》だった。

雨妹は元宵節に湯円をさんざん食べたが、こうやって長く食べ比べをできるとはなんと素敵なことであろうか。

注文をして運ばれてきた湯円を、雨妹はさっそく食べる。

「ん〜♪」

白玉を口に入れた時の、口の中でとろける食感が幸せだ。餡子の香りも爽《さわ》やかで、なにか香り付けの工夫をしているのかもしれない。

「な？　美味いだろう」

「はい！」

こうして雨妹が李将軍と二人で、ウマウマと湯円を食べていると。

「なにをしていやがる！」

店の外から、なにやら騒ぎ声が聞こえてきた。

「むうっ？」

湯円で幸せな気分になったのに、水を差すようなその騒ぎに、雨妹は思わず顔をしかめる。

「なんだぁ？」

李将軍も眉《まゆ》をひそめ、しばし様子をうかがっていたのだが、騒ぎはどうやらおさまりそうにないらしく、口論になっている声が聞こえてくる。こうなっては、李将軍も無視しているわけにはいかないだろう。

「あ〜、やれやれ」

李将軍はそう零《こぼ》して残りの湯円をかき込むように食べると、席を立ち上がる。こうなると、李将軍だけを行かせて下っ端宮女がここに座ったままなのもどうかと思い、雨妹も同じく立ち上がった。

多少、野次馬根性が疼《うず》いたという理由もあるが。

食堂の外では人垣に囲まれた中で、露店を開いている男が、成人しているかどうかという年頃に見える若い男に向かって、怒鳴りつけているところだった。

「こいつめ！」

「なに、やる気⁉」

男が相手の襟を掴《つか》んで拘束しているのを、相手はジタバタと暴れている。

――えっと、これってどういう状況？

雨妹はこの状況がよく分からず、それは李将軍も同じだったようだ。

「おいおい、騒がしいぞ。なにやってんだ？」

李将軍に声をかけられ、男はすぐにハッとした顔をして、掴まれている方は「誰だコイツは？」という様子である。どうやら掴まれている方は余所者《よそもの》らしい。

「これは将軍様！　お騒がせしてすみません、物盗《ものと》りでさぁ。コイツ、この俺の目の前で饅頭《まんじゅう》を堂々と盗んで食いやがった！」

男は謝罪してから経緯を手短に説明した。彼の露店は饅頭を売っており、確かに捕まえている人物の手には、かぶりついた跡がある饅頭がにぎられている。

これに、相手の方が言い返す。

「だって、おなかすいたんだもの！」

「腹が空《す》けばなんでも食っていいわけじゃあねぇ！」

あんまりな言い訳に対して男が怒鳴りつけるのに、その相手は意味がわからないという顔で首を傾《かし》げた。

——あれ？　もしかしてこの人って……。

雨妹がふとあることを考えた、その時。

「静《ジン》！」

遠くから呼び声が聞こえた。

「静、どこだ⁉」

「……あ」

その声が聞こえた途端に、暴れていた者はピタリと動きを止めて黙ってしまう。

「静……いた！」

やがて声の主が人垣をかき分けながらやって来る。

それは薄汚れた外套《がいとう》と頭巾《ずきん》で、すっぽりと全身を覆い隠している男であった。野次馬で集まっている人たちよりも頭一つ分くらい背が高く、顔がほぼ見えないあたりが非常に怪しい人物である。饅頭を盗み食いしようとした人は静という名前であるようで、この男はその静を相当探していたのか、ゼイゼイと肩で息をしている。

「ダジャ、その、あの」

静はこの男、どうやらダジャという名前らしい彼と顔を合わせて、ばつが悪そうな顔になった。そんな静に大股《おおまた》に近付いたダジャは、ゴツン！ と拳《こぶし》を静の頭に落とす。

「……っ痛い！」

「いない、さがした、悪い！」

目に涙を滲《にじ》ませて文句を言う静に、ダジャは切れ切れな強い口調で叱りつける。

「あちらの男は話し方がぎこちないが、もしや異国人か？」

その二人の様子を見て、李将軍が呟《つぶや》く。

「そうかもしれませんね。私としては、あちらのもう一人の方も少々気になりまして」

雨妹と李将軍がひそひそと話す一方で、その異国風の男が静の手に握られている食べかけの饅頭を見て状況を察したのか、静を掴んでいる男に向き直る。

「食べる、わるいこと、金？」

「お？ おお、にいちゃんが連れかい？ 払ってくれるならいいんだ。こういう奴は紐《ひも》でも繋いでいろよ、危なっかしい」

「悪い」

露店の男は代金を受け取れればそれでいいらしく、ダジャから饅頭代をもらうと静から手を放す。

こうして自由の身になった静だが、すぐに異国風の男からの説教が始まっていた。

「おまえ、悪い！」

「約束の場所から動いたのは悪かったたって。でもさぁ……」

「でも、ダメ、ああ……！」

憤然と叱りつけるダジャに、静が言い訳を並べて言い逃れを試みている。それにダジャが反論するも、うまくこの国の言葉にできないようで、時折聞きなれない異国の言葉でまくしたてていた。

その様子を、野次馬たちがしげしげと見ている。

――あの人たちって、見世物になっているのに気付いていないなぁ。

その野次馬の一人である雨妹なのだが、李将軍は通りの真ん中で群れられるのも迷惑だと考えたのだろう。

「ほれ、皆の衆は散った散った！」

李将軍は野次馬を強引に解散させ、あの二人連れに声をかけた。

「おい、お前さんたち」

呼びかけられて、ダジャがこちらを見る。その時、頭巾の奥の顔がチラリと見えた。浅黒い肌に、この国の人たちに比べて彫りが深い顔つきで、雨妹は言葉のことと重なりやはり異国人だろうと確信した。

「なにか？」

ダジャは李将軍《リー》を警戒する様子で、静を背後に隠す。あれは李将軍だとわかっていてやっているのか、それとも知らない熊男を恐れてのことなのか、どちらだろうか？

警戒心を露《あらわ》にするダジャに、李将軍が「やれやれ」と息を吐く。

「なにかっていうか、お喋《しゃべ》りは場所を移してやってくれ、往来で迷惑だ。それにアンタは異国人か？　何用で都へ来たのか知らんが、困っていることがあるなら聞くぞ？　これでも俺は兵士の偉いさんでな、困っている旅人を助けるのも仕事だ」

李将軍の言葉がうまく聞き取れないのか、ダジャが首を捻《ひね》るのに、静が小声で耳打ちする。どうやらわかりやすく言い換えてやっているようだ。

「ねえ、聞いてみよう？　確かに偉そうな格好をしているし、知っているかも」

「む、だが……」

これまで説教されていた静が、今度は会話の主導権を握ったように、ダジャになにごとか促している。衛《えい》将軍の李をつかまえて「偉そう」呼ばわりとは、二人はやはり李将軍という存在を知らないと見える。都に初めて来た都の素人ということで、雨妹はなんだか親近感を感じた。

「あの、迷うにしても、とりあえず場所を移動しませんか？　もしかして、目立ちたくないのではありませんか？」

ものすごく目立ってしまって今さらな気がするが、雨妹は二人のやりとりに口を挟む。

「……⁉」

これに、ダジャがギロリと雨妹を睨《にら》んでくる。どうやら余計な指摘をしてしまったようだ。

「おい、どういうこったい？」

李将軍が問うてくるのに、雨妹は小声で答える。

「あちらの小柄な方は、大人の男に見えるような格好ですけど、たぶん女の子で、しかもまだ子どもなんじゃあないですかね？」

そう、静をよく見ると体格や顔つきがまた子ども、しかも女の子のそれなのだ。

「言われてみりゃあ、そう見えてくるか？」

女の子ではないか？　という雨妹の言葉を聞いた李将軍が、そう言って首を捻る。

たとえ静の身長がちょっと小柄な成人男性と同じくらいだとしても、子どもと大人ではそもそも骨格が違うし、声だってそうだ。同じ高めの声でも、大人と子どもでは響きが違うものである。それがさらに女の子となると、また違いが大きくなる。静に大きめの服を着せて喉元《のどもと》を隠し、成人男性の証《あかし》である頭巾を被《かぶ》せてごまかしているが、見る人が見ればわかるだろう。

「旅での危険を避けるために女を男に見せるのはあるでしょうけど、いくら背が高くても子どもを大人に見せるのは、また別の理由があるのではないか？　と考えたんです」

雨妹が自分の意見の根拠をそう述べると、静が顔を強張《こわば》らせ、ダジャが警戒するように構えている。

「なるほど、ズバリと当てちまったみてぇだな」

二人の様子に、李将軍が頭をかく。

これまで静は旅の間、自分が女の子だと露見したことがなかったのかもしれない。旅暮らしで人との接触を極力減らせば、誰かと密に接することはそうそうなく、そんな中ではじっくり観察されることもないだろうし、静が女の子だと露見しなかったのだろう。今回は単に、雨妹が人間の体格の違いに詳しかったというだけである。

ところでこの二人がなにか犯罪を起こしたわけではなく、饅頭泥棒も大事にならずに済んだことだし、ここで彼らと別れても問題はないのだ。けれど都に慣れない、しかも片方が異国人の二人を「それじゃあ、都見物を楽しんでね！」と送り出して、後々揉《も》め事《ごと》を起こさないだろうか？　都人たちは、異国人にそう慣れているわけではないのだから。この国の移動手段が陸ならば徒歩か馬車か、海ならば船かなので、異国人が都に流入するのは稀《まれ》なのだ。

李将軍も、雨妹と同じように考えたのだろう。

「二人とも、そう気を逆立てるもんじゃない。お前さんらが犯罪をやらかしに来たんでもなければ、こっちはなんにもしないさ。ただ、都に不慣れならば困りごとでもないかと思っただけだ」

このままだと逃げそうな二人を引き留めるように、そう声をかけた。

「それに、十分に注目を浴びていますし、とりあえず場所を移動しませんか？」

雨妹も周囲を示してそう告げると、二人組はやっと自分たちが注目の的であることに気付いたらしい。

――あれだな、このダジャさんってこの国だと目立つのが当たり前なんで、「目立つ」の次元が私たちと違うのかも。

雨妹がそんな風に思いつつ成り行きを見守っていると、二人は話し合いを始めた。

「ねえ、二人についていってみようよ」

「だが、怪しい！」

「宿くらい紹介してくれるかもしれないじゃない。私、いい加減にちゃんとした寝所で寝たい！」

「む……」

話し合いは、身振り手振りで説得を試みている静が押しているようである。

――確かにダジャさんみたいな異国人は、普通の宿だとお断りされるかもね。

これが大きな取引のために異国から都入りして、誰か偉い人の紹介状を持っているならばともかく、ふらりと現れた流れの異国人だと恐れられるだろう。見慣れないというのが恐怖を呼ぶのは、別に田舎特有のことではない。静の言い方だと、これまでの旅でもそんな宿でのお断りが続いていたのかもしれない。

というわけで二人の話し合いの結果。

「とりあえず、アンタらについていくよ！」

静がそう言ってきた通り、とりあえずこの場から移動することと、今後についてのことを李将軍に相談してみるという話になったようだ。

「よしよし、まずは話ができる場所へ行くぞ」

そう話す李将軍によって、人目を避けての話し合いの場所に選ばれたのは。

「ウチは、便利な屋敷じゃあないんですがねぇ」

出戻った雨妹たちを出迎えた、明《ミン》の屋敷であった。

「今度は一体なんのお話で？　面倒ごとではないでしょうね？」

「まあまあ、部屋を貸してもらいたいだけだ」

明が嫌そうな顔をするのに、李将軍が笑いかけてそう告げる。

「ウチは部屋貸し屋じゃあないんですがね」

便利に扱われていることに不満を述べる明だったが、李将軍はその肩をバンバンと叩《たた》く。

「いいじゃねぇか。お前さん、独り身なのに部屋数だけは有り余っているんだから」

李将軍がそんなことを言うのに、明が苦々しい顔をする。

「……頂いた屋敷ゆえ、仕方ないでしょうが」

貰《もら》い物《もの》に文句は言わないという明は、なんだかんだで追い返さないお人よしである。

ちなみにこの明は、春節明けから近衛《このえ》に復帰している。まだ多少痛風が痛むようだが、以前ほどの激痛ではないらしく、激しい戦闘でもしない限り働けるだろうと医者のお墨付きが出たらしい。

「で？　今度は誰を拾ったんで？　そちらさんは、人を拾うのがよくよく好きだと見える」

明は李将軍に話しかけつつ、雨妹をあてこするようなことを言う。がしかし、実は先ほどからずっと雨妹の方を見ようとしない。この前に許《シュ》を訪ねた際もそうだった。

——困っているなぁ、明様ってば。

おそらくは先だってようやく雨妹が名乗ったことで何者なのかを理解して、今更どういう態度をとるべきかわからないのだろう。せいぜい迷って困ればいいのである。明がどうやらそこそこいい人なようで、多少見直すべき個所《かしょ》もあったことは確かだが、それと幼子の雨妹を放置して忘れていたことを水に流すということとは、話が別なのである。

ともあれ、雨妹はニコリと笑って明に言う。

「それなら、明様も拾われたうちの一人ですね。とってもお酒臭くて、楊《ヤン》おばさんの頼みがなければ拾わなかったかもしれませんけど」

「そりゃあ、いや、むぐぅ……」

明は雨妹になにか言い返そうとして、しかしすぐにハッとした顔をして言葉を飲み込む。明との会話は、ずっとこんな調子だったりする。

そんな明を雨妹が観察していると、李将軍に軽く小突かれた。

「こら、明で遊ぶな。とにかく部屋を貸してくれんか？」

李将軍が雨妹に注意して、明にそう頼む。

「……まあ、いいですけど」

こうして結局、明は雨妹たちを屋敷に上げてくれた。

それにしても、玄関先で最初に顔を出したのが家人のあの老女ではないし、屋敷の中も静かなものだ。先程訪ねた時には、許が練習する琵琶《びわ》の音が響いていたのに。

「今は屋敷が寂しいな」

雨妹と同じ疑問を李将軍も抱いていたらしく、明に尋ねた。

「ああ、許と朱《ヂウ》は二人で店を開くための物件を見物に出かけまして、留守ですよ。家人は、いい天気なので昼寝中です」

なるほど、だから琵琶の音が聞こえず、あの老女ではなく明が自ら玄関の様子を窺《うかが》いに来たというわけか、と雨妹は答えを聞いて納得する。そして相変わらず、あの老女に頭が上がらない主《あるじ》である。

明家の家人の老女といえば、全《チユエン》の先輩ではないか？　ということが気になるところだ。

今回外出許可が出たのは昨日のことなのだが、明の屋敷を訪ねる用事があることを、念のために全へと伝えてみようと思い、雨妹はお忍びでフラフラ出歩く美蘭と出会ったついでに伝言を頼んでいた。黄《ホアン》徳妃にその女官への伝言を頼むとは、頼む相手や位の順番がおかしい気がしなくもないが、手っ取り早いことは確かである。

この伝言が速やかに伝わったのだろう、その日のうちに全から手紙と小さな荷物が部屋へ届けられた。手紙は「これをなにも言わずに相手へ贈ってくれ」というもので、荷物は茶葉の入った茶筒である。

雨妹が言われた通り、茶筒をただの手土産として老女へ渡すと、老女は一瞬目を細めてから受け取り、「まあ懐かしい」と小さく零《こぼ》しただけで、すぐに奥へと引っ込んだ。

やはりあの老女は全の先輩なのか、まだ確証までは得られなかったが、雨妹のようなまだまだ新入りの宮女が、変に首を突っ込んでいいような話ではない気がする。

――後宮での出世を目指さずに、とっとと外に出ちゃったんだし。

きっと、なんらかの宮城にいたくない理由があったのだろう。なにかと忙しいであろう全であるが、きっとそのうちに直接会って話すこともあるだろう。そのこぼれ話を、雨妹としては楽しみにしていたい。

それはともあれ。

人が少ないというのは、訳ありそうな人物から話を聞くにはちょうどいいと言えるかもしれない。

こうして明によって案内された部屋は、許たちが滞在している部屋とは離れた場所だった。

「……」

家主の明は同席するかと思いきや、李将軍と目を合わせて頷《うなず》くと、「茶は出んぞ」と言い残して戸を閉めていった。

部屋に入ったものの、どうすればいいのか戸惑って立ったままの静《ジン》とダジャをよそに、李将軍が部屋の奥にドカリと座った。雨妹もその隣に腰を下ろすと、二人もそれぞれに座り出す。

「で？　お前さんたちは都へなにをしに来たんだ？」

全員が腰を落ち着けたところで李将軍が改めて問う。これにダジャは大きく息を吐いてから、告げた。

「ここへ、目的ある、来た」

「ほう、目的とは、商売かなにかかな？」

ダジャの言葉に、李将軍がまずあり得そうな方面の理由で探っている。

しかし、ダジャはこれに答えず、

「静」

静の方を見て、促すような顔をした。

「え、あ、うん！」

それまでも緊張した面持ちだった静だが、意見を求められてピン！　と背筋を伸ばした。

「あの、えっと、その」

だが静はすぐに言葉が出ないようで、声を詰まらせている。

――都に目的があるのは、静さんの方なのかな？

しかしいざとなったらどう言えばいいのかわからなくなっているようだ。だが、子どもだったらそんなものだろう。知らない大人の前で堂々と意見を言える子どもなんて、そうそういるものではない。

明らかに困っている静が助けを求めるようにダジャを見るものの、ダジャはツンとした態度で言う。

「お前のこと、お前が話す」

つまり助ける気はないらしいダジャに、静がぐっと息を吞《の》む。

それにしても不思議な二人だと、雨妹は見ていて思う。

――この二人、どういう関係なんだろうね？

年齢を考えると普通ならば、ダジャが保護者で静が被保護者だろう。しかしそう割り切るにはどこかしっくりとこないし、静の方に行動の決定権があるように思えるのだ。今も、ダジャが静に行動させようとしているように。

雨妹が二人について考えを巡らせていると、その間に静は心を落ち着けたらしく、「すぅ～、はぁ～」と呼吸を整えてから口を開く。

「私は皇帝に、皇帝陛下に会いたいんだ！」

叫ぶようにして言い切った静に、雨妹と李《リー》将軍はきょとんとした顔をしてしまう。

――いきなりすごい名前を出してきたよ⁉

後宮の中では姿をチラ見して幸運を授かりたいという意味で「皇帝陛下に会いたい」などと言われることはあるものの、静の言っている内容だと、おそらくそういう事ではないのだろう。

驚いている雨妹の一方で。

「皇帝陛下とは、またどえらいお方を訪ねてきたもんだ。そりゃあ、なにか伝手《つて》でもあってのことなのか？」

李将軍はさすが経験豊富らしく、慌てることなく話の先を促している。

「そんなものはないね！　ねぇ、どうすれば会える？　毎日宮城の前に座っていればいい？　それとも、すっごいお金がいるっ？」

いったん切り出せば、怒涛《どとう》の勢いでまくしたてる静に、李将軍は「そうだなぁ」と思案する。

「なんの伝手もない場合だと、まず役所に皇帝陛下にお会いしたい旨を告げて順番を貰うことだな。陛下とお会いしたい者は大勢いるので、順番が巡ってくるには数年、下手すると数十年待つ覚悟が必要だな」

そう説明する李将軍曰《いわ》く、役所で緊急の用件かどうかを一応精査されるため、役所が「どうでもいい理由の面会案件」だと判断すると、後回しを繰り返されてなかなか順番が回ってこないのだという。

——というか、一般庶民でも皇帝陛下に会う機会はあるのかぁ。

それだと、順番が巡ってくる可能性は低くても、一生の自慢を作ろうと考える人がけっこういそうではある、などと雨妹が思っていると。

「そんな⁉　こっちは悠長に待っていられないよ！」

静が悲鳴のような声で文句を言う。一方でダジャは、静の反応でどういう話だったのか察したようで、納得顔で頷いている。ダジャはこの流れを予想していたようだ。

「ねえ、なんとかならない⁉　やっぱりお金っ？」

「こらこら、宮城が賄賂《わいろ》で回っているような言い方はよせ」

静の言葉に、さすがに外聞が悪いので李将軍が注意する。

「言ったろう、優先度が高いと判断される、つまりすごく困って急いでいるとお役人が思ってくれたならば、先に会わせてもらえるんだよ。要するに、お前さんが何故《なぜ》皇帝陛下にお会いしたいのか、その理由が大事なんだ」

李将軍がまだ子どもらしい静と、なによりダジャを意識したのだろう、分かりやすい言い方をしている。

これに静はがぜん食いついた。

「すごく困っているよ、私は！　だから助けてもらおうと思って、はるばるここまで山を越えて来たんじゃないか！　前に、皇帝陛下が私たちを助けてくれたって、老師が言っていた！　だから、今度も頼めば助けてもらえるんじゃないかって！」

　またまた静が気になる発言をした。

「陛下が、助けてくれた？」

　ということは静は、皇帝の関係者なのだろうか？

「昔の、戦の中での話ですかね？」

　雨妹が考えを述べると、李将軍が怪訝《けげん》そうな顔をしながら「う～む」と唸《うな》る。

「それを言うなら、陛下に助けられたなんて言う者は大勢いるぞ？　それが一体、どこのどいつのことなのか」

　李将軍も困ったように言って眉《まゆ》を寄せるのに、「そりゃそうだ」と雨妹も同意する。

　そうであるならば、「陛下に助けられた」という言い分は、皇帝に近しい人物であると詐称するのにちょうどいい話だとも言えるかもしれない。つまり、この二人組をますます怪しむことになったということで、あの場からさっさと連れ出して正解だっただろう。一般人に向かってこんな言い分を主張されたら、混乱の元である。

　なにしろ皇帝は、宮城内ではここ数年仕事をろくにしない駄目皇帝のような評価だったそうだが、庶民の間ではずっと人気が高いという。なので「皇帝陛下に助けられた」という語り口だけで、「さすがは我らの皇帝陛下だ！」となって酒を奢《おご》る者が続出するらしい。そうなってしまうと、騒動が起きるのは必至である。

それにしても、老師とやらからの又聞きの話に縋《すが》って助けを求めにきたらしい静は、いったいどこから来たのだろう？

李将軍も同じように疑問に思ったのだろう。

「お前さん、何者だ？」

李将軍がこれまで敢《あ》えて聞かずにいた問いを、いよいよ発した。

「……」

すると静は俯《うつむ》いてぐっと唇をかみしめるようにしてから、顔を上げる。

「私は！　何静《ホー・ジン》、苑《エン》州の何大公の双子の姉だ！」

「……はい？」

雨妹にはこの名乗りが、どういうことかすぐには分からなかった。

「なんと！」

一方、李将軍が驚きの声を上げる。

「苑州の者だろうとは、その容姿で想像がついたが。まさか何家のとは」

李将軍が頭痛をこらえるように頭を抱えている。

「苑州の方って、なにか特徴があるんですか？」

雨妹が気になったので尋ねると、李将軍は説明してくれた。

「苑州は東国との国境なため、やはり長い歴史の中で血が混じりあっているようでな、あちらに似て彫りが深い顔立ちで、身体《からだ》が大きい」

なるほど、静の背が高いのは遺伝というわけか。

それにしても、雨妹はツッコみたい。

――ちょっと待って、大公の双子の姉ってなに⁉

州の大公とは、州を治める一族の筆頭だろう。先だって滞在した徐州《ジョ》だと、徐州を治める黄家《ホアン》の大公といえば、皇帝と最後まで争った強者だと聞いている。なので雨妹は、どの州でも大公とはそういう存在だとばかり思っていた。

それが、この静の双子の片割れが、大公であるという。

「苑州ってところ、大公って子どもなんですか？　あなた、いくつ？」

「こないだの春節で、十二になったね」

雨妹が吠《ほ》えるように尋ねるのに、静が案外冷静に返してくる。本人としては大事なことを言えて、スッキリしているのかもしれない。

ちなみにこの国での年齢だが、年始に年をとる数え年で計算する。となると、前世の日本風に年齢を数えれば、静は十一歳だろう。道理で骨格が子どもっぽいわけである。日本でも、小学生の頃から大人のように背が高い子どもというものは、たまにいたものだ。

そして、十一歳の子どもを大公に据えているのか、苑州とやらは。

「おかしい、色々おかしいから！」

雨妹が思わずそう叫ぶ。

日本でも歴史を紐解《ひもと》けば、幼い子どもを為政者の席に据えることはたまにあったが、それはだいたい傀儡《かいらい》政治の犠牲者である。

　ということは、苑州とはそういう場所であるということで。

「そんな身分のお前さんが、よく州境を越えられたな？　検問で引っ掛からなかったのか？」

　李将軍が疑うようなことを言うのも、無理からぬことだ。大公の姉がたった一人、しかも明らかに異国人だけを供にしているなんて、とてつもない異常事態だろう。

　しかし、これに静が答えたことは。

「ああそれはね、検問は通らなかったから」

　検問を通らずに州境を越えるのは問題だ。地元民が生活のためにウロウロして結果越えてしまう場合はいいとしても、旅人となるとちゃんと検問を通り、正しい手順で州を跨《また》いだことを証明してもらう必要がある。この検問で受け取る割り符が、宿などでその旅人の身分を保障するものになるからだ。割り符を持たない旅人は、犯罪者だとみなされる。

　それなのに犯罪沙汰《ざた》で州境を越えたと、堂々と発言するのは大公の姉である。これに、李将軍が驚愕《きょうがく》の表情をした。

「検問を通っていない？　ってことは、まさか……⁉」

　ぐわっと目を見開く李将軍に、静が告げる。

「山を越えてきた」

　今雨妹は、衝撃発言を聞いた気がした。

「山越えって、え⁉　あの山を⁉」

雨妹も話が理解できて、再び叫んだ。

苑州と都を遮っている山とは、雨妹が暮らしていた辺境にまで裾野《すその》が延びているくらいに長大な山脈である。雨妹とてその入り口周辺をうろつく程度はしていても、本格的に山に入ろうとは思わなかった。なにしろ、見るからに険しく、人が登っては駄目だと思える山なのだ。以前に太子から地図を見せてもらった時、「こんなに長大な山脈だったのか！」と驚いたくらいだ。

そこを、数えで十二歳の子どもが越えてきたという。

「死にたいんですか⁉　あなたは⁉」

とっくに過ぎたこととはいえ、雨妹は言わずにいられない。しかし静はこれに平然とした顔で返す。

「だって、ダジャが一緒だったから、行けるかなって思って。それに、他に道もなかったから」

豪胆なのか物知らずなだけだったのか、結果それで山を越えてしまったのか。

――いや、まだ話が本当なのかはわからないけどね。

壮大な法螺《ほら》話をして、なにか詐欺にかけようとしている可能性もある。李将軍も同じように考えているのだろう、静の話にすぐに食いつかず、見極めようとしているようだ。

そんな中で、雨妹はふと静の足元が気になった。

明《ミン》の屋敷は土足で立ち入るようになっているため、全員靴を履いたままだ。しかし静の靴はボロボロだし、布を巻いて足を保護しているにしても、若干モコモコしているように思える。

――もし本当に、山を越えて来たのなら……。

「ちょっと、その靴を脱いで診せて」

「え？　あ、ちょっと！」

雨妹は半ば強引に静の片足を手に取って、靴と巻いた布を外しにかかる。するとその中に納まっていた足は、豆が潰《つぶ》れた痕《あと》だらけで、まだ血がにじんでいる個所《かしょ》もあった。ろくに手当もしていないのだろう、膿《う》んでいる個所もある。

「こんなになっているのを、我慢していたなんて！　明様、すぐに水を張った桶《おけ》をくださぁーい！」

雨妹は明がどうせこの部屋の近くで控えているだろうと予想して、部屋の外に向かってそう叫ぶ。

「うるせぇ、叫ばなくても聞こえる！」

すると案の定部屋の外から返事があり、ドスドスという足音が聞こえた。おそらくは水を用意しに行ったのだろう。

「お前……」

この足の状態をダジャは知らなかったらしい。目を見張っているダジャから、静は顔を背けている。

——意地を張っていたのかな？

この足でこれまで平然と歩いていたのなら、なかなかの根性の主だと言えるが、一歩間違えば傷口が悪化して足を失うこともあり得るのだ。怪我《けが》への無知とは、本当に恐ろしいものだ。

「山を越えたっていうのは、案外嘘《うそ》ではなさそうだな」

李《リー》将軍が静の足の状態を見て、そう呟《つぶや》く。話に真実味が出てきたということは、ややこしい事態になっているということでもある。これはどうしたものかと、雨妹と李将軍が目を見合わせていると。

「ほら、水だ」

その時、明が水を張った桶を持って部屋に入ってきた。ついでに清潔な布も持ってきたところを見ると、雨妹たちの話をちゃんと聞いていたようだ。

「ついでに、こんなものもある」

明がそう言って差し出してきた軟膏《なんこう》は、兵士が普段怪我をした際に使うものであるという。ありがたく使わせてもらうことにして、雨妹は静の足を治療することにした。

雨妹はまず、静の足を桶の水で洗う。

「……っ痛《つ》う！　痛いじゃないか！」

水が傷に沁《し》みたらしい静がジロリと雨妹を睨《にら》むが、こちらだって意地悪で痛くしているのではない。

「こんなに酷《ひど》い状態なんですし、痛いのは当たり前です。ですがこうして傷口を清潔にしておかないと、最悪の場合には足が腐り落ちるかもしれないんですからね⁉」

「え⁉」

雨妹の言葉に、静がギョッとした顔になる。脅すような言い方になったが、掛け値なしの真実である。小さな傷だって放っておくと大事になるのだから。

「じゃあ、私の足は腐っちゃうのか⁉」

自分の足が腐る様を想像したのか、これまでの強気から一転して泣きそうな顔をする静に、雨妹は安心させようとニコリと微笑《ほほえ》む。

「治療が間に合いましたから、腐りはしません。けれど、もっと早くにこの足の状態を誰かに訴えるべきでした。そうすれば、こうまで痛くはならなかったでしょうに」

「……」

雨妹の指摘に、静はふくれっ面になって俯く。静は我慢してここまで歩いた、その頑張りを認めてほしい気持ちが強いのだろう。なにしろ彼女はまだ子どもなのだ。

そんな静に、雨妹は静かに語りかけた。

「この足でここまで旅をしたあなたは、すごく心の強い人なんでしょうね。でも、そのせいで足の怪我が悪化して取り返しのつかないことになったら、一緒にここまで旅をしてきたダジャさんが悲しむのではないですか？　あなただって、ダジャさんが怪我をしたことを隠して無理をしていたら、悲しくなりませんか？」

これを聞いて、静がハッとして顔を上げてダジャを見る。

「そう、だね。そうだよ。私が悪かったかも」

己の非を認めた静は、その後は雨妹の治療を黙って受け入れていた。

一方、雨妹がこうして静の足の治療をしている横では、李将軍が明に話しかけている。

「明よ、苑州の何家の大公と会ったことはあるか？」

李将軍に問われた明は、難しい顔になる。

「ずぅーっと昔に、戦場で陛下の供をしていて、当時の大公のお顔をちらりと見たくらいですので、この娘が真実血縁かどうか、自分には分かりかねます」

「そうか、俺も同じようなものだ。さてさて、真贋《しんがん》を確かめるにはどうしたものかなぁ？」

男二人がそう言い合い、頭を悩ませていると。

「そちら、何者だ？」

これまで黙って成り行きを見守っていたダジャがそう尋ねてきた。

「ああ、俺の身分か？」

ダジャにそう問いかける李将軍の様子を横目に、雨妹もそういえばこちらも正式に身分を明かしていないことを思い出した。ダジャは「こちらも名乗ったのだから、そちらも名乗れ」と言いたいのかもしれない。

「まあ、話を進めるには必要か。自分はこの崔《サイ》で衛《えい》将軍を賜っている、李である」

そう言って李将軍は鎧《よろい》につけている徽章《きしょう》を示してみせる。

「私はそのお供です」

雨妹もそう名乗る。

本当は今回の外出だと雨妹の供が李将軍なのだが、これを理解してもらうには将軍と下っ端宮女という身分差からややこしいことになるため、そういう事にしておいた。これについて、明も口を挟まない。

「兵の長か」

「まあ、そういうこったな」

納得したらしいダジャに、李将軍も頷《うなず》いてみせる。ダジャは異国人ながら李将軍の徽章を信用したのか、それとも李将軍のこれまでの振る舞いで、なんらかの確信のようなものを得ていたのかもしれない。

「見せるもの、ある」

ダジャがそんなことを言って、懐を探って油紙の包みを取り出した。

「これ、分かるか？」

そう言ってダジャが差し出す包みを、李将軍は受け取る。包みを開けると、中にあるのは印鑑と手紙だった。

それらの物、特に印鑑を見た李将軍と明が、顔色を変えた。

「……これは、何大公《ホー》の印⁉」

なんと、ものすごい物が出てきたようだ。

李将軍と明の様子から、雨妹にもただごとではないことがわかる。

「ダジャ、なんなのそれ？」

だが一方で、その印鑑を見た静《ジン》が不思議そうな顔をしている。どうやら彼女の方はその印鑑がなんなのかということや、ダジャが何故《なぜ》こんなものを持っていたかということも知らないらしい。

雨妹はそんな様子を窺《うかが》いつつ、小声で李将軍に問う。

「それ、大事なものなんですか？」

これに、李将軍が眉間《みけん》に皺《しわ》を寄せつつ答えてくれた。

「何大公、というよりも州の統治者としての証《あかし》のようなものだ。これを押してある文のみが大公からのものだと認められる。崔国には皇帝陛下の印も含め、各州の大公が所持する九種の印があってな、これを偽造した者は極刑だぞ？」

「極刑……⁉」

李将軍の口から出た言葉の響きに、雨妹は思わずブルリと身を震わせる。

極刑とはすなわち、国で定められた最も重い刑罰ということだ。そして前世の華流ドラマでは、残酷な刑罰というものが様々あったものである。興味本位で刑罰のアレコレを調べて、夜に怖くて眠れなくなってしまったことを思い出す。

なにが怖いって、一応法律として極刑の刑罰方法が決まっていても、その時の刑罰を決める人の怒りや憎しみでどこまでも残酷になるのだから、「これが極刑」という限界が存在しないのだ。そのあたり、ここ崔国ではどうだろうか？

そんな雨妹の恐怖はおいておくとして。

「極刑になる危険を理解した上で大公印を偽造するのは、非常に割が合わないってことだ」

李将軍がそう言ってダジャを見るのに、雨妹は「ふぅむ」と考える。

「むしろ盗んでこっそり書類とかに勝手に押印される方が、実は多いとか？」

雨妹の推測に李将軍が頷く。

「そういうこった。それだとよほど質《たち》の悪い書類を偽造したんじゃなけりゃあ、精々州外追放で済むからな」

そう話す李将軍によると、そのあたりのことを大公側も十分にわかっているので、盗難対策は厳重にしてあるはずだとのことだった。

つまり、堂々と見せてきたこの印鑑は本物の可能性が高く、果たしてこれは盗まれたものなのかどうか？　という問題が浮上する。それを解決してくれるのが、おそらく手紙の内容だろう。これを確かめるために手紙を広げる李将軍の手元を、雨妹も一緒になって覗《のぞ》き込む。

手紙の内容は、非常に短いものだった。

「これを陛下にお返しします」

そう短く走り書きのような字で乱暴に書かれていて、相当に急いで書いたのだろうと思われた。そこに大公印が押されていて、直筆だと証明しているのだ。

――大公の証の印鑑を、返すって……？

それは、かなりの事態ではないだろうか？　この短い手紙を読んだ李将軍も、表情を強張《こわば》らせている。

「お前は何者だ？　何故そちらの娘ではなく、お前がこれを持っていた？」

李将軍が鋭い視線を向けて問うのに、ダジャはかすかに首を傾《かし》げる。

「私はダジャ、それは預かりもの」

ダジャはどうやら李将軍がなにを聞きたいのかわからなかったらしく、こう返してきた。

そんなダジャの様子を見て口を挟んだのが、足の手当てを受けている静だ。

「そりゃあ、ダジャの方が預けやすかったからじゃないの？　私はしばらくの間弟の顔を見ていないけど、山越えをする前までダジャは弟とずっと一緒にいたんだし」

そう告げる静の話の内容に、雨妹は眉《まゆ》をひそめる。

姉弟《きょうだい》だからといって、頻繁に顔を合わせていなければならないことはない。実際雨妹だって、きっと顔もしらない兄弟姉妹が大勢いることだろう。けれど一方で、異国人が大公である弟と一緒にいたとは、どういうことか？

雨妹がこんな風に疑問を覚えていると、静が続けて言った。

「ダジャは奴婢《ぬひ》だからね。余所《よそ》から譲られたものを、私たちが貰《もら》い受《う》けたんだ」

ここで静の口からまたもや驚き発言が出たのに、雨妹たちは目を見開く。

「はいぃ⁉」

奴婢とは、つまり奴隷のことである。

「奴婢だと⁉」

「なんと……」

雨妹たちが三人三様に驚いたのに、ダジャがなにを話されているのか想像できたらしく苦笑する。

まず、ここ崔の国では奴婢――奴隷と言えば犯罪の苦役としての奴隷と、そうではない者たちがいる。奴隷というと、前世日本人の感覚だと劣悪な環境で強制労働させられているように考えてしまうが、そういうわけでもない。

もちろん、犯罪奴隷ならばそうした過酷な場所に投入されることが多いだろうが、そうではない奴隷をあげるなら、宮城で働く宦官《かんがん》や宮妓だってその範疇《はんちゅう》にあるし、己の身を己で立てられず身を売ることを広い意味で奴隷と言うのならば、勤め人たちとて私的な奴隷となるし、地主に土地を借りて農業をしている農民だって奴隷なのである。

こうした様々な場所で働く奴隷たちの取り扱いは、法律でちゃんと決められていて、私的な借金奴隷を無下に扱っては、持ち主側が処罰を受けるのだ。

そのように、奴隷と一口に言っても複雑な中で、人々が「奴婢」と口にする時は、犯罪奴隷を指すのが通常である。

このように奴隷についておさらいした上で、雨妹はダジャについて考えてみる。

——犯罪奴隷かもって、このダジャさんが？

いや、異国人の奴隷ならば、必ずしも犯罪者が奴隷落ちしたわけではないのだろうが、それにしても雨妹が疑問に思ってしまうくらいにダジャは、はっきり言ってそれっぽくない。犯罪者になるような心根の人間に一見思えないし、態度が堂々としているのである。この態度というのは、別に身体《からだ》が大きいからというわけではない。身体が大きくてもいつもオドオドしている人だって、世の中にはいるものだ。それに犯罪者に見えない犯罪者という人だっているだろう。

けれどダジャはそういうような人ではないだろうと、反射的に思えてしまうのだ。一般的な犯罪に走ってしまう人のように世間を下から見上げるのではなく、むしろ上から見下ろすことが似合っている、そんな雰囲気というか、圧のある人物である。

——いやでも、それだって面倒な想像にならない？

そんな圧を持つ異国人の奴隷だなんて、怪しい匂いがプンプンするではないか。雨妹同様の怪しさを李《リー》将軍も感じているらしく、頭痛を堪《こら》えるような仕草をしている。

そんな雨妹たちの気持ちを知ってか知らずか、静が話を続ける。

「本当ならダジャはどっかのオバサンに売られる予定だったみたいだけど、従兄《いとこ》がすごく欲しがって、その後で私たち姉弟の護衛ってことになったんだ。子どものおねだりってヤツさ」

軽い調子で言ってくる静だが、気になる言葉がちょいちょい出てきた。

――ダジャさんって、もしかして後宮への贈り物とかだったんじゃないよね？

ダジャは旅の疲れでくたびれていても、精悍《せいかん》で見目のいい男であるので、きっと後宮の妃嬪《ひひん》たちから好かれることと思われる。異国人の宦官にでもされる予定だったのだろう。そして贈られるとしたら、きっと皇太后あたりに違いない。

ダジャとは、なんとも微妙な立場にいた男である。

「……思わぬ厄介事に行き当たったな、こりゃあ」

李将軍が頭を抱えるようにしてぼやく。

「どうするんですか？　二人とも、ここに置いておくのはさすがに危ない」

明《ミン》が念のためにそう進言するのに、「わかっている」と李将軍が返す。

「宮城へ連れていくしかあるまい」

「それがよろしいかと」

李将軍が出した答えに、明も同意している。確かに、こんなあからさまに危険な存在を、街中に置いておくわけにはいかないだろう。

宮城という言葉が聞こえた静は、パアッと表情を明るくする。

「宮城へってことは、皇帝陛下に会えるの⁉」

皇帝に会うために都まで来た静が、己の目的へ近づくことを喜ぶ。しかし彼女たちは苑《エン》州から関所を通らずに都入りをしているわけで、宮城入りでそのあたりを責められる可能性は考えないらしい。

「直《じか》に皇帝陛下とお会いできるかはわからんが、話を伝えることにはなるだろう」

李将軍は関所を不正に抜けたことはこの場で指摘せず、ただそうとだけ告げる。

数えで十二歳の子どもが過酷な山越えをしてまで皇帝陛下へ直訴しようというのだから、その内容に耳を貸さずに追い返すわけにはいかない、ということだろう。特に今問題になっている苑州のこととなれば、なおさらだ。

「そうか、ならどこにでも行くよ」

静がホッとしたその顔が、雨妹には年相応に見えた。

第四章　宮城潜入作戦

というわけで、雨妹《ユイメイ》と李将軍は静とダジャを連れて戻ることになった。

――大変なことになったなぁ。

楽しく過ごした外出の終わりに大事を引き当ててしまったものだと、雨妹は息を吐いた。

けれど当然ながら正面から堂々と入れるわけにはいかないので、通用門として使われている門を通る。ちなみに、雨妹が辺境からはるばるやってきて宮城入りしたのも、この門だ。

こちらの門にもちゃんと見張りの兵士がいるのだが、李将軍なんていう大物がこちらにやって来たことに驚いていた。偉い人は宮城の正面玄関にあたる乾清門《けんせいもん》から入りたがるものなので、こちらで偉い人と遭遇することはそうそうないのだろう。

「通るぞ」

李将軍がそう言うと、見張りの兵士がおっかなびっくりながらも頷いて道を譲る。

この間、同行している静とダジャは身体をスッポリと覆い隠す上着を着せているのだが、見張りの兵士はその二人について追及しようかと悩んでいる。そんな兵士に、李将軍がニヤリとした顔で凄《すご》んでみせた。

「なにか用でもあるか？」

「……いえ、ないです、どうぞ」

そして李将軍の圧に負けて、兵士は己の疑念を引っ込めたようだ。これで下手に追及して、もし位の高い妃嬪のお忍びとかだったら、恥をかかせると首が本当に飛ぶかもしれないのだから、腰が引けてしまうのもわかる。李将軍もゴリ押しできることを狙って、こちらの門を選んだのだろう。これが乾清門だと、さすがにこうはいかないはずだ。

門を通ると、李将軍は近くにある兵士の休憩小屋へと入る。そこではもうすぐ交代らしい兵士が中で待機していたのだが、彼はギョッとして立ち上がり、先程の兵士同様に李将軍の圧に負けて小屋から出ていった。

——追い出したみたいになって、本当にごめんね！

こうして強引な人払いが済んだところで。

「さて、お前さんは急いで楊《ヤン》を呼んできてくれ」

李将軍が雨妹にそう命じてきた。

「楊おばさんを、ですか？」

雨妹はてっきりこのまま李将軍が連れていくのかと思ったのだが、どうやらそういうわけにはいかないようだ。

「そっちのお嬢ちゃんは、女に任せる方がいいだろう？　野郎の集団に連れていくわけにはいかんよ」

「……それはそうかもですね」

李将軍のもっともな意見に、雨妹は納得する。李将軍は静《ジン》の身柄を預ける場所を考えて楊を頼るためもあって、この門から入ったらしい。雨妹がこの門から宮城入りしたように、ここは宮女の宿舎に一番近いのだ。

「わかりました、行ってきます！」

雨妹は大きく頷《うなず》くと、小屋から出て駆けていく。

幸い、楊はすぐにつかまった。食堂で美娜《メイナ》と麻花《マーホア》をつまんでいたのだ。

「楊おばさぁ～ん！　はひぃ……」

ここまで全力で走ってきた雨妹は、さすがに肩で息をする。

「おや阿妹《アメイ》、どうしたんだい？　まあ白湯《さゆ》でも飲みなよ」

雨妹の様子を見た美娜が、そう言って白湯を勧めてくれた。これをグビッと飲み干した雨妹はついでに麻花も貰って食べて人心地ついたところで、楊に切り出す。

「楊おばさん、李将軍が急ぎでお呼びです！」

「将軍がかい？」

楊が驚いているが、宮女の監督者が将軍と話すなど、そうそうないことなのだろう。

「なんだい、許子《シユ・ジ》っていうお人になにかあったのかい？」

この突然の話に、美娜が不安顔で尋ねてくるのに、雨妹は「いえいえ」と首を横に振る。

「許さんは居候ですけど朱《ヂウ》さんと仲良くしていて幸せいっぱいでしたよ。これは、そっちとは別の話なんです」

雨妹の説明に、楊が「はぁ～」とため息を吐《つ》く。

「ってことは、また別のなにかが起きたのかい？　よくよく問題ごとに行き当たる娘だよ、小妹《シャオメイ》は」

楊から呆《あき》れられているようだが、これは別に雨妹がなにかやらかしたわけではなく、あくまで成り行きだ。なので雨妹が申し訳なく思うことはないはずである。

――いや、もしかして李将軍と寄り道して湯円《タンユエン》を食べたのがいけないのかも？

確かに、あそこに行かなければ、あの二人組と雨妹が出くわすこともなかっただろう。しかしその場合だと、あの二人組が引き起こす騒動がややこしくなってから発覚した可能性もある。つまり、今はその想定よりもマシな結果になっているということだ。

こうして雨妹が一人納得しているところへ、楊が改めて問うてきた。

「で、一体何事なんだい？」

「さぁ、それは私にもわかりかねるといいますか……」

雨妹としても、ここで詳細を語れないので言葉を濁す。

あの苑州から来たという二人組のことを言いふらすわけにはいかない、ということくらい雨妹にも判断できるし、そもそも李将軍がどういう話の進め方をするつもりなのか、全く知らないのだから、語りようがないという事もある。

「ちょっと、物騒な話じゃあないだろうね？」

美娜が不安そうな顔をするが、苑州絡みであるのは間違いないので、雨妹としても「違いますよ」とはっきり言ってあげられないため、へにょりと眉《まゆ》を下げる。

その雨妹の様子を見た楊が、再びため息を吐いた。

「わかったよ、将軍を長く待たせるわけにはいかないだろうし、さっさと行くかねぇ」

楊はそう言うとすぐに車を呼んで、雨妹と一緒に李将軍の待つ門へと向かうこととなった。


雨妹も楊と一緒に車に乗ったのだが、車が箱型の軒車ではないので雨妹たちの会話が御者に筒抜けであるため、下手に話ができずに無言で過ごす。

そうやって李将軍の待つ門からだいぶ離れた場所で車を降りて、歩いて進む。向かう先についてあまり多くの人に知られてはいけないのだろうと考えたのか、このあたりの判断はさすが楊である。

「李将軍、お連れしました!」

「おう、入れ」

雨妹が休憩小屋の戸越しに声をかけると、中から李将軍の返事があった。

戸を開けて入ると、李将軍が一人で椅子に座っている。静とダジャの姿は見えず、奥の棚の向こうにでも身を隠しているのかもしれない。

「お呼びと伺い参りました」

「楊、わざわざ来てもらってすまねぇな」

楊が礼の姿勢をとるのに、李将軍が軽く手を振って止《や》めさせる。

「出てこい」

そして奥に声をかけると、やはり隠れていた静とダジャが姿を現した。ここまで来る際に身を隠すために羽織っていた上着は、もう着ていない。

「……なるほど」

二人をじっくりと見た楊が、ポツリと呟《つぶや》く。

「そちらのお方は東風の顔立ちで、そちらは異国人でございますね。お話は、この二人についてでしょうか?」

「さすが、話が早いな」

問いに李将軍はニヤリとして、頷きを返した。

「察したと思うが、まずこっちは苑州の人間だ。ちなみにまだ十二の小娘とも言えない子どもだぞ?」

「まあ、女の子ですか……!」

李将軍が静を指して言うと、楊が目を見開く。彼女でもやはり、ぱっと見で静のことを細身で小柄な男だと思ったらしい。

「もう一人の異国人は、奴婢《ぬひ》だとさ」

「……なんとまあ」

そしてダジャを紹介され、楊は疑わしそうな顔を隠さない。

——だよね、奴隷っぽい雰囲気がないよね。

この反応に「うんうん」と頷く雨妹を、楊がジトリと見てくる。「面倒ごとに巻き込んだな」と言いたそうだが、楊を指名したのは李《リー》将軍であって、雨妹が積極的に巻き込んだわけではないので、そんな目で見ないでほしい。

「それで、わたくしになにをお求めなので？」

婉曲《えんきょく》に言っても時間がもったいないと思ったのか、楊がズバリと尋ねるのに、李《リー》将軍もズバリと答える。

「こちらの、子どもの身柄を預かってもらいたい。本人曰《いわ》く、何家《ホー》の娘だそうだ」

何家と聞いた楊の眉がピクリと上がるが、言葉をぐっと飲みこむように一呼吸をしてから、李将軍に問う。

「百花宮《ひゃっかきゅう》でないといけないのですか？　預かるならば外城側の方が、なにかと便がいいのではないですか？」

このもっともな疑問に、李将軍は「そういうわけにはいかない」と告げる。

「外城もそうだが、外廷や内城側にも置くわけにはいかない。なにしろ関所を真っ当に通っていない怪しい身の上なもんで、堂々と滞在させるには障りがあるんだ。どうやら都入りも、どこぞの荷車に潜んで入り込んだらしいぞ？」

李将軍は雨妹がいない間に詳しい話を聞いていたらしく、そんな初耳の情報を話す。

——でもまあ、当然そんな都入りの仕方になるよね。

雨妹が辺境から来た時もそうだったが、都入りの際にはかなり厳しく身の上を検《あらた》められる。皇帝のお膝元《ひざもと》なので、怪しい人物を排除するのは自然なことだろう。そこを旅人が関所の通行許可証を持たずに通るのは、普通に考えて不可能だろう。

ちなみに関所なんて通っていない近所の里から来た人間は、里長《さとおさ》の一筆を持ってくるのだが、あまりに辺鄙《へんぴ》な里だとそんな里が本当にあるのかどうかを確かめることから始めるので、かなり時間がかかることもあるのだ。

そして静は当初そんな身の上で、宿に泊まろうとしていたわけで。そんなことをすれば宿から不法に都入りしたと兵士に通報が行き、あっという間に捕まったことだろう。

それに、これから静の身分は本人の談だけではなく裏付けが必要になるし、それが苑州《エン》からの工作を仕掛けられてのことかというのも、もちろん調べられるだろう。なにしろ、これから軍を向かわせようとしている場所から人が訪ねてきたのだから、怪しむなという方が無理だ。

こうした中で静の存在が明らかになると、皇帝側であれ苑州側であれ、「面倒そうだから殺してしまえ！」的な危ないことを考える人だって、当然出てくるかもしれない。李将軍はそれを心配しているのだろう。百花宮であれば、出入りできる人間は制限されているのだから、危険はぐっと減るだろう。

ともあれ、犯罪沙汰《ざた》での都入りだと説明された楊は、頭痛を堪《こら》えるように頭に手を当てる。

「はぁ、なんという大問題でしょうかねぇ」

ぼやく楊に、「なんとか頼むよ」と李将軍が言う。

「もうこの二人のことは上に知らせはやっているし、助けは色々あるだろう。新人宮女ということなら、このナリだし年齢も誤魔化していられると思うのだ」

そう語る李将軍の言う「上」とは、もしや皇帝のことだろうか？

――そうだよね、皇帝陛下に黙って怪しい人を連れ込むなんて、ちゃんと報告しないと謀反とかを疑われちゃうもんね。

特に今は微妙な時期なので、報連相は大事だ。そう考える雨妹が、再び一人で頷いていると。

「そうだ、嬢ちゃんよ」

李将軍がふいに雨妹に話を振ってきた。

「お前さん、もし太子殿下のお付きと偶然出くわしても、この二人のことを話すなよ？」

何故《なぜ》かそのように釘《くぎ》を刺され、雨妹はきょとんとしてしまう。

「ええっと、話すなと言われれば話しませんが、何故かを伺ってもいいですか？」

この雨妹の疑問に答えたのは、楊であった。

「おや、あの方々もこうした話は小妹にはしていないようだね。太子殿下の母君は、青《セイ》州の伊《イ》家の方だろう？　伊家は苑《エン》州の何家と仲が悪いのさ」

「なにしろ、青州は苑州と仲違《なかたが》いした者が興した土地だしな」

楊の説明に、李将軍が付け加えてくる。

「そうなんですか⁉」

初めて聞いた太子のお家《うち》の話に、雨妹は目を丸くする。

――ああでも、だから苑州ってあんな変な立地なのかぁ。

同時にそう思い至って納得顔になる。

日本のように横長の国ならばいざしらず、円形の国土で中心に都を据えているわかりやすい地理なのに、苑州は何故に国内の出入り口が一つしかない、しかもよその州を介さないと都に行けない立地なのかと、雨妹は以前に地図を見せてもらった際に不思議に思ったものだが、まさかそんな歴史があったとは。以前はちゃんと都を有する耀《ヨウ》州と直接行き来ができていたのだ。

「理解しました、立彬《リビン》様に会っても言いません」

雨妹が真面目な顔でそう宣言するのに、しかし李将軍が不安そうにしている。

「頼むぞ？　お前さんたちは仲良しだから、なにかの拍子にペロッと喋《しゃべ》るとかしないでくれよ？」

そしてそんな風に念を押してくるではないか。

「ご安心を、私は野次馬以外でのそういう風な公私混同はしませんので！」

「野次馬云々《うんぬん》は余計だよ」

自信満々で告げる雨妹に、楊からツッコミが入る。しかし嘘《うそ》はいけないので、素直が一番である。

——それにしても立彬様、私たちって李将軍から仲良し認定されちゃってますよ！

雨妹としても、立彬は気安い相手であるのは確かだが、だからと言って「仲良し」すなわち「友人」かというと、微妙である。立彬とは、立勇《リーヨン》であっても、友人というほど仕事以外の雑談を普段している記憶がないのである。鈴鈴《リンリン》とは日々のくだらないことを手紙で送りあっているのだが、彼相手にそれはない。では立彬との関係性をなんと呼ぶのか？　「腐れ縁」というのが、しっくりくる気がする。そして立彬の方も、案外似たように言うに違いない。

そんな雨妹と立彬との関係性はともかくとして。

静は新入り宮女として後宮に入れて、このことについて太子周辺の人には内緒である、ということが決まったところで。

「私、どうなるの？」

ここまでの話に、口を挟まずにいた静《ジン》とダジャだったが、話が一段落したらしいことを察した静が、不安そうに問うてきたので、雨妹は彼女に向き合う。

「あなたはこれから、私が暮らしている所に来てもらうことになりました」

雨妹がそう説明するのに、李将軍が「そうだ、しかもそこは皇帝陛下の住まいだぞ？」と付け加える。

「お前さんの『皇帝陛下に会いたい』という目的は、まあ叶《かな》える方向で動いてみるが、それでもすぐにというわけにはいかん。その間に、お前さんに消えてもらうと困るのだ」

李将軍がそう語る。

しかし、これに当の本人が不思議そうな顔をする。

「私は、どこにも行かないよ？」

その純粋な言葉に、李将軍は困ったような顔になった。

「いや、消えるというのは……」

けれど詳しく説明しようとして、静がまだ子どもだということを思い出したのか、言葉を飲み込む。

——子どもに向かって、殺されるのなんのっていう話はしたくないよね。

さて、ではなんと言って連れていくか？　と李将軍が悩んでいると。

「お前が消えない、相手は知らない。安心させるの必要」

ふいにダジャが静に告げた。

「必要なこと？」

「そうだ」

静が聞くのに、ダジャが肯定する。

「ダジャがそうしろって言うんなら、そうする」

そして、そう結論付けた。

――ずいぶんダジャさんを信用しているんだなぁ。

それは静の素直さなのか、これまでの経緯での信頼関係なのか、そこは雨妹たちにはわからない。けれど、かすかな危うさを感じたのは確かだ。苑州の何家の傍流というわけではなく、大公の姉であるのに、この素直さは長所であるのか？　と首を傾《かし》げてしまうのだ。

しかし、こちらの提案を呑《の》んでくれるというのだから、助かる話だろう。

「よし、じゃあとっとと移動だ！」

李将軍がそう言ってパンパンと手を叩《たた》く。せっかくまとまった話が混ぜ返されないうちに動こうと思ったのかもしれない。

「そちらの静とやらは、嬢ちゃんと一緒にこの楊《ヤン》という人についていくんだ。ダジャだったな、お前さんの方は俺と一緒に来い」

李将軍が改めてそれぞれに指示した時、しかし静が「え⁉」と声を上げた。

「ダジャと一緒じゃないの⁉」

今更な事実に驚いている静が、自分がダジャと別々に連れていかれるのだとわかってオロオロとしている。これまでダジャの行き先については特にひそひそすることなく話していたので、聞こえていたはずだろうに。これを聞いていなかったのか、もしくはどういうことかよくわかっていなかったのか。

――落ち着いて見えても、心の中はいっぱいいっぱいだったのかも。

なにしろ、まだ数えで十二歳の子どもなのだから。

そんな静に、ダジャからはなにも声をかけない。むっつりと黙り込んでいるが、語彙《ごい》が足りずに、なんと言えばいいのかわからないのかもしれない。

――どうするの、コレ？

雨妹が李将軍を見ても、なんと言ったものかと困っている様子である。それどころか、雨妹と目が合うと目配せをしてきた。どうやら雨妹になんとかしてほしいらしい。

雨妹は「しょうがないなぁ」とため息を吐《つ》くと、静の前にしゃがんで、その目を真《ま》っ直《す》ぐに見た。

「あのね、後宮は皇帝陛下の住まいなんだけど、そこは男の人は入れないっていう決まりなの。それでもなんとかして入ろうと思ったら、男の人ではなくなる必要があるけど、あなたはダジャさんにそうしてほしいの？」

雨妹が後宮についてわかりやすいように説明をすると、静が首を捻《ひね》る。

「男の人じゃあなくなる、ってなに？」

静がそこに疑問を抱くところを見ると、彼女は大公の姉であるというのに、後宮のしくみについてなにも聞かされずに育ったのだろうか？　四夫人の立場すら狙える身分だというのに、不思議なことである。

「聞いたことがない？　股《また》にある男の人の印を切り落とすの。そういう刑罰だってあるでしょう？」

雨妹は変にぼやかして伝えてもどうかと考え、はっきりと言うと、静はとたんに青い顔になった。

どうやら、どういう事をされるのかわかったようだ。

「それ、嫌だ」

静が呟《つぶや》くのに、雨妹は「ね、そうでしょう？」と頷《うなず》く。

「だからそうしなくて済むように、李将軍が兵士さんたちの住まいでダジャさんを預かるの。大丈夫、ダジャさんが行く所も、静さんが行くところも、同じこの宮城の中だよ」

「……そうなんだ」

遠く離れた場所に行かされるわけではないと知り、静はちょっとホッとしたらしく息を吐く。

――子どもらしいっていうことなんだけど、短絡的だなぁ。

雨妹は気を付ける事として心の中に書き留めると、話を続ける。

「あなたが心底ダジャさんと会いたいと願えば、皇帝陛下がいずれきっと取り計らってくれると思うの。だから今は、一時のお別れを承知してくれるかな？」

「……わかったよ」

静がようやく納得したところで、やっとこの場から移動することとなった。

先に李《リー》将軍がダジャを連れてこの場を離れると、雨妹たちも静を連れて宮女の宿舎へと向かう。

静が足を怪我《けが》していることを考えて、戻りも車だ。ちなみに、明《ミン》家からここまでの移動は、ダジャが静を背負ってきたのである。ダジャとしても静の足の怪我に気付かなかったことで、気落ちしている様子だった。

戻って最初にやったことは、やはり身体検査だ。かつて雨妹も入った部屋に、静だけが楊と一緒に入る。

「ひいぃ⁉　なに、なにっ⁉」

部屋の中から静の悲鳴が聞こえてくるが、これは必要な儀式であるので、雨妹は見守るしかできない。

というか、雨妹には近くで見守っている暇などなかった。静に着せる宮女のお仕着せを用意しなければならないのだ。洗濯係に楊の名前を出して余っているお仕着せを貰《もら》い、他にもあれやこれやと道具を抱えて楊が待つ部屋へと戻る。

「戻りました！」

「ああ、お帰り」

雨妹が部屋へ戻ると、楊は検査を終えていた。

「……」

その部屋の隅には、再び青い顔をして床にへたり込んでいる静がいた。

――まあ、身体検査の後ってこうなるよね。

「華流ドラマを実体験できた」とはしゃいだ雨妹の方が、どちらかというと特殊なのだ。楊もこうなる女を見慣れているので、特に気遣ったりはしない。

そして楊がなにも言わないところを見ると、静の検査結果は問題なかったようだ。

というか、ここで引っ掛かったならばこの作戦を考え直さなければならないところだった。年齢がまだ数えで十二歳だとはいえ、それと処女であるかどうかはまた別の話なのだ。お偉い人の中には幼女趣味の人もそこそこいるのだと、宮女のお姉さま方から漏れ聞こえる噂話《うわさ》で聞き及んでいる。

その上体格のいい静であるのでちょっと心配していたが、問題なくてホッとした雨妹であった。

ともあれ、第一関門を突破したところで、次の作業へと進む。

「さあ、まずはその男に似せたナリをどうにかするかね」

楊がそう話し、静を着替えさせることになるのだが、着替えるまえに身を清めさせる必要があるだろう。彼女の足の手当てはしたものの、そこ以外の全身は旅の汚れが溜《た》まっているままなのだ。

他の宮女たちへの顔見せもまだな静を沐浴《もくよく》場に連れていくわけにはいかないので、室内に雨妹が持ってきた大きな桶《おけ》を置くと、そこへお湯を混ぜて温めた水を張り、静を裸にしてその中に座らせて汚れを落としていく。

これが宮女集めで連れられてきたのならば、都入りの前に宿でちゃんと身を清められるものだ。連れて来た娘たちの見た目で仲介者への支払いが決まるので、身綺麗《みぎれい》にさせるのも大事なのである。

このあたりも、静は例外であると言えるだろう。

静は他人に裸を見せるのは平気なようで、この時はあまり揉《も》めることはなかった。

――こういうところは、お世話されるのに慣れたお偉い人の子っぽいなぁ。

もしくは、まだ裸を見られることを恥ずかしいと思う年頃ではないかだ。

楊と二人がかりでピカピカに磨き上げてから、宮女の格好をさせた静は、可愛《かわい》いというよりも凛々《りり》しい雰囲気であった。今は濡《ぬ》れた髪を乾かすために、窓際に座っている。

洗髪も本来ならば速く乾くようにと日の高い時間に行うものだが、今回はもう夕食の時間に近いため、布をたくさん使って水気を拭《ぬぐ》い取っていく。それでも、静は乾くのが速い方だろう。というのも――

「楊おばさん、髪が短いですよね？」

雨妹はそう指摘する。

そう、静の男装のための頭巾《ずきん》を外すと、想像以上に髪が短かったのだ。

この国では髪を長く伸ばすというか、髪を切らないことが慣習である。とはいえ、荒れた毛先を整えるくらいはするし、洗髪の手間が嫌で短めに揃《そろ》えている人だっている。雨妹もやや短めに揃えている一人なのだが、静はそんな雨妹よりも短く、肩にかろうじて届くかどうかといった長さしかない。大公家であれば、見栄《みえ》もあって特に髪は気遣うものだろうに、まるで髪の手入れに手間がかけられない田舎者のようだ。

「そうだねぇ……」

この点をやはり気にかけていたらしい楊が、静の周りをぐるっと回ってじっくりと見る。

「目立つことは確かだけど、付け毛を用意するのもすぐにとはいかないよ」

楊がそう言って悩ましそうな顔になる。

短すぎる髪は、訳ありだと言っているようなものだ。髪を切るのは出家するか、犯罪者として処罰を受けた場合なのだから。半端な長さだと、つい最近犯罪者落ちをしたと思われる。すなわち、付け毛が必要な人は訳ありだということになり、露店で普通に売っているような品ではないのだ。

髪のことを指摘されると、静がかすかにビクッと肩を跳ねさせたのが見て取れた。

――なにか、訳があって短くしていたのかな？

楊も静の様子に気付いたようで、雨妹と目を合わせてくる。

髪の長さという思わぬ問題が発生したのだけれども、髪なんて放っておけばいずれ伸びるのだから、そう深刻になることもないだろう。伸びるまで、どうにかして誤魔化せばいいのだ。

「じゃあ私みたいに、普段布を被《かぶ》っているとかどうですかね？」

雨妹が提案すると、楊は「ふん」と頷く。

「まあ、付け毛を手配するまではそうするかね」

雨妹と楊の間でそう結論が出たところで、静がホッとしたのがわかる。「何故《なぜ》髪が短いのか？」と詰問されると思われたのかもしれない。

身なりが整ったところで、静の素性をどうするか？　ということを話し合う。

「道が悪かったせいで、他よりもかなり遅れて連れられてきた新入り、ってところかねぇ？　顔立ちが東風なのは、曽祖父母《そうそふぼ》が東の人間だったってことにしておくといい」

楊がそう語る。曽祖父母であれば、東とはほぼ無関係な生活だろうから、そのあたりのツッコミを受けることも減るだろうし、問われても「自分は知らない土地だ」と言っておけばいいというわけだ。

身なりと素性が整えば、次に考えるのは住まいである。

「部屋はどうしますか？　大部屋で大丈夫ですかね？」

新人宮女の通常の扱いをなぞって雨妹がそう言うと、楊は「う～ん」と唸《うな》る。

「普通ならそれでいいんだろうが、止《よ》した方がいいかもねぇ」

「まあ、なにかの拍子にうっかり身の上が露見しそうではありますね」

楊の懸念に、雨妹も頷く。

静《ジン》は今のところそれほど問題児のようには見えないが、それでも大公家の娘であるので、なにかの拍子にそのあたりの生まれによる軋轢《あつれき》ができないかと少々不安だ。それに噂好きの宮女たちから上手《うま》く逃れるには、経験が足りないだろう。かといって新入りの静をいきなり個室に入れるのも、それはそれで悪目立ちする。

――それ以前にそもそも、静さんって自分の世話を自分でできるのかなぁ？

このように、懸念事項はいくらでも浮かんでくる。

楊がしばし唸って考えていたが、やがて雨妹を見て言った。

「小妹、お前さんの部屋にもう一つ牀《しょう》が入るかい？」

どうやら雨妹に面倒を見させようということらしい。これに今度は雨妹が「う～ん」と唸る。

「たぶん、荷物を出さないと入らないですかねぇ？」

なにしろ他人からはさんざん「狭い」と言われている、元物置きだった部屋である。雨妹一人で使う分には快適だが、そこを二人で使うとなると、さすがに手狭だ。牀を二つ入れたら、他に荷物は入らないかもしれない。そんな状態では、さすがに生活し辛《づら》いだろう。

――でも、静さんだってずっといるわけじゃあないから、ちょっとの間だけ辛抱するべき？

雨妹が悩んでいると、楊《ヤン》が意外な解決策を口にした。

「じゃあ小妹《シャオメイ》、お前さんは部屋替えしな。そしてこの静と相部屋だよ」

なんと、楊からの部屋替え命令である。

「え、個室へ行けるんですか⁉」

驚く雨妹なのだけれども、今だって個室住まいには変わりないものの、雨妹の今の元物置はあくまで緊急の対策での引っ越しだったので、本来の宮女の個室へ移れということのようだ。部屋替えとはすなわち出世であり、雨妹としてもそのようなことは少なくとも二、三年は先の話かと思っていた。驚く雨妹に、楊が告げる。

「小妹はこの一年ずいぶんと働いたからね、個室移動の資格は十分にあるさ。それにこの静をお前さんに任せるなら、指導役ってことになるからねぇ」

指導役とは、つまり雨妹にとっての李梅《リー・メイ》の立場ということである。

――まあ、私はあの人からなにか教わったことはないんだけどね。

思えば、あれも今からおおよそ一年前の出来事であるので、なんだか感慨深い。

このように思い出に浸りかけている雨妹に、「近いうち移動だよ」と言ってくる。

「じゃあ今日は、静さんは今の部屋で布団に包《くる》まっていることになりますかね」

「そうするしかないね」

静の今日のしのぎ方についてはそう話がついて、雨妹が静にも「私の部屋で一緒に寝てもらうかね」と改めて説明した後、「でも」と眉《まゆ》を下げる。

「私、今の部屋も気に入ってたんですけどねぇ」

せっかく部屋になったのに、あそこがまた元の物置に戻ったら、なんだか切ない気がする。

「誰か移りたいっていう娘《こ》がいたら、声をかけてみるさね」

しょんぼりする雨妹に、楊がそう声をかけたのだった。


色々やっていると日が暮れてきて、気が付けば夕食の時間である。

「ご飯は、今日は静さんと一緒に私の部屋で食べた方がいいんですかねぇ?」

雨妹はそう考えを口にする。

静は自ら望んだとはいえ、急激な環境の変化で疲れているだろうし、新人として紹介する前に食堂へ行くと、妙な人たちに絡まれかねない。

——いるんだよねぇ、新入りにはまず絡みにいって自分の立場を誇示したがる人っていうのが。

そう、例えるならば李梅のような人間である。

静がここまで移動してくる際に見かけた者もそれなりにいただろうし、そうした人たちから新入りの噂が広まっていることだろう。となると、食堂はきっと噂で持ち切りなはずだ。

「そうだねぇ、夕食の時間は酒が入ることもあって、揉めることが多いのは確かだ。曰《いわ》くがありそうな新入りを初めて連れていくなら、朝の方が向いているだろう」

楊もこのように話す。

ちなみに雨妹の新入り初日は、他の新人が軽い仕事の説明だけを聞かされてのんびりと旅の疲れを落としていた時に、李梅によっていきなり王《ワン》美人の屋敷掃除をさせられたのだったか。そして先程楊が言った通り酒ではっちゃけている宮女を避ける目的で、新人だけで食べるようにと夕食が用意された部屋に、ギリギリで滑り込んだのだ。今思い返しても、李梅は無茶を言ったものである。

ともあれ、楊も雨妹の考えに賛成してくれたので、夕食は部屋で食べることにした。なので早速、雨妹の部屋へ移動である。

「小妹は静と二人分の夕飯を取ってきな。その間に私が静を案内がてら、布団を取ってからお前さんの部屋に連れていくよ」

「わかりました！」

楊の指示に返事を返した雨妹は、食堂が込み合う前にと駆けていく。

――静さんの口に合うといいけど。

なにしろ何《ホー》大公の姉なのだから、食事は上等なものを食べていた可能性が高い。けれど一方で、都までの旅の間は、一体どんなものを食べていたのか？　山越えをしてきたのだから、そんなに多くの食料を持っての移動はできなかったはずだろう。

その上、静は饅頭《まんじゅう》泥棒をしでかした時、お金で食料を買うということを知らなかったのである。となると、食料調達係がダジャの方であったのだろうが、異国人の彼が道中に立ち寄った里での食料調達で、どれ程の交渉ができたのか？　様々な懸念事項が挙げられ、道中の食料事情が察せられるというものだ。

——静さんは今成長期なんだから、ちゃんと栄養のあるものを食べてもらわなきゃ！

そんなことを考えつつ、雨妹は食堂へと入っていく。

「美娜さぁ～ん、夕食を二人分の持ち出しでお願いします！」

まだ人が少ない食堂で雨妹が声をかけると、厨房《ちゅうぼう》にいた美娜が振り向いた。

「おや阿妹《アメイ》、戻っていたんだね。珍しい、部屋で食べるのかい？」

雨妹は食堂の賑《にぎ》やかな雰囲気で食事をするのが好きなので、美娜がこう言うのも無理はない。

「ええ、ちょっと理由がありまして。いずれ耳に入るかと思いますけど、実は新入りが来たんです！」

雨妹がそう暴露すると、厨房の他の台所番や、少ないながらも食堂にいた他の宮女たちが聞き耳を立てた気配がした。しかし「仰天情報を聞いた」という様子でもないので、やはり静を移動させた際に見かけた人がいるのだろう。

「おやまぁ、やっぱりかい」

美娜が夕食の持ち出しの用意をしながら、興味津々といった顔だ。

「新入りは寒くなる前に入っただろうに、なんでまた？」

質問をぶつけた美娜に、この場の全員がその答えを待っているのが感じられる。

——結局みぃんな、野次馬なんだよなぁ。

雨妹は内心で苦笑した。

雨妹は美娜にというより、この場にいる全員に答えるように、少し大きめの声で告げる。

「今回来たのは一人だけです。どうもかなり遠方から来たみたいで、他から遅れたみたいですね」

楊と決めていた設定を話すと、周囲から「なぁんだ」やら「ほら！」やらと声が響く。どうやら皆、それぞれに色々な想像を働かせていたようだ。

「そういえば、阿妹たちもちょうど今頃に来たんだったかね」

美娜がそんな風に言ってきたのに、「よく憶《おぼ》えていますね」と雨妹は驚く。

「そうなんです。遠いと道が悪い所もありますからねぇ、遅くなっても仕方ないですよ」

雨妹は美娜にそう返しておく。

実際のところ、雨妹たちも本当ならば春節前の忙しい時期に間に合うようにと集められたらしいのだが、道が崩れて遠回りしたり天候が悪かったりして、予定が遅れに遅れて春節明けの到着となったわけだ。だから楊の設定も、あながち外れた意見ではないということだろう。

「それで夕食を二人分ってことは、ひょっとしてその娘の面倒を阿妹が見ているのかい？」

美娜の指摘に、「そうなんです！」と雨妹は頷《うなず》く。

「田舎者同士で馬が合うだろうってことで、私が面倒を見ることになっちゃいました！」

「おや、世話係とは出世じゃないか、おめでとうさん！」

「へへっ、ありがとうございます！」

雨妹が胸を張り気味にして言うと、美娜が笑って祝福してくれる。

出世といっても一人の面倒を見る程度で、区分けされた集団の長ほどの出世ではない。しかしより上の出世への最初の一歩でもあるので、皆この段階を踏まえていくものなのだ。

——静さんにとっては仮の身分かもしれないけど、しっかりお仕事の楽しさを教えてあげなくっちゃ！

雨妹は密《ひそ》かにそう決意する。

ちなみに周囲は田舎者だと聞いたとたんに興味を無くしたようで、別の話をし始めている。これが都の大店《おおだな》の娘であったならば、仲良くすれば自身に利があるかもしれないので、世話係に大勢が立候補するのだろうが、田舎者だと旨味《うまみ》がないと思ったのだろう。実に現金な宮女たちだが、人とは案外こんなものだ。

「じゃあ新入りは、今日から大部屋かい？」

「それなんですけど、その娘《こ》って一人だけの新入りで寂しいだろうっていうのと、田舎の出で生活習慣も違うだろうっていうのとで、しばらく私と相部屋なんです」

「はぁ、なるほどねぇ」

雨妹は美娜に、これまたあらかじめ考えていた新入りが大部屋に入らない理由として、あり得そうな事情を述べる。実際この崔《サイ》の国は広くて、地方によって生活文化が様々に違うので、そうした文化の相違による軋轢《あつれき》がしばしばあるのだ。ゆえに大部屋もいくつかあり、大まかながら出身地によって分けられている。

「けど阿妹の部屋って、二人で寝られるほどに広くはないだろう？」

「そうなんですよ。今の部屋は気に入っていたんですけど、世話係っていうちょっと出世のご褒美で部屋替えになりました。というわけで今度引っ越しです」

「そうかい、そりゃあせわしないねぇ」

雨妹の話に、美娜がそう言って息を吐いた。これを耳にした周囲の反応として、「新入りと同室なんて、面倒を押し付けられたわね」という声が聞こえてきた。

個室を貰《もら》えるのは上級宮女からだと決まっていて、雨妹はひょんなことから狭いながらも個室住まいをしていたとはいえ、正式な個室を貰うとなると、上級宮女の仲間入りをすることとなる。とはいえ、上級宮女の下っ端なのだが。

けれど今のところ宮女歴一年の雨妹が出世したことよりも、「面倒を押し付けられた奴《やつ》」という意見が勝っているようだ。雨妹としても妙な嫉妬《しっと》や反感を買いたくないので、こうした反応で良かったとホッとする。

――これだけ話を振りまいておけばいいかな。

雨妹がそう思ったところで、ちょうど用意ができた夕食を差し出された。

今日の献立は小豆の粥《かゆ》だ。

小豆は赤い色が目出度《めでた》い色合いだからということで、春節で料理によく使われた食材であり、この小豆の粥も頻繁に出てきた。同じ小豆の粥で、前世のぜんざいに似た紅豆粥《ホンドウジョウ》というものが別にあるのだが、それも春節でよく食べたものだ。

春節は過ぎたとはいえ、まだまだ冷えるこの時期に小豆の粥は身体《からだ》が温まるので、ありがたい料理である。

――静《ジン》さんは疲れているだろうし、そういう人にはちょうどいいかな？

「いただいて行きます！」

雨妹は二人分の粥が載った盆を受け取り、ついでに白湯《さゆ》も貰うと、冷めきらないうちにと急ぐ。

雨妹の部屋には静を連れた楊がもう到着していて、部屋の隅に布団が置いてあった。

「小妹、あとは頼んだよ。問題があれば早めに相談すること」

「はい、わかりました！」

楊がそう告げるのに、雨妹は大きく頷く。

こうして楊が去ったところで、居心地悪く壁際に立っている静に、雨妹は手招きする。

「ほら静さん、夕食を食べようか。ここの食堂はなかなか美味《おい》しいんだよ？」

そう呼び掛けた雨妹は、小さな卓に盆を置いて白湯を二杯注ぐ。

静は夕食を並べる雨妹を窺《うかが》いつつ卓に近寄ると、すとんと座った。

「さあ、食べよう！」

雨妹が促すと、しかしまだ不可解そうな顔をしている静が口を開く。

「あなたたちはなんで、私にあれこれ話を聞かないの？」

なにを言うかと思えば、そんな事であった。静はどうやら宮城に着いたとたんに、事情を根掘り葉掘り聞かれると考えていたようだ。

この問いの答えを、雨妹はきょとんとして返す。

「そりゃあ、どこで誰が話を聞いているかわからないからだろうと思うけど？」

「……は？」

雨妹が誰かに直接聞いたわけではないけれど、察していた内容を言ったのに、静はなにを言われたかわからないという調子で声を漏らす。

——まあ、そういうこともまだわからないか。

雨妹は仕方ないので粥が冷めるのを覚悟して説明する。

「あのね、大事な話なんでしょう？　だったら話す相手を選ばないと。皇帝陛下と話をしたいのだったら、皇帝陛下以外に話したい内容を簡単に話しちゃ駄目。どこかで話が捻《ね》じ曲がって、変な事になっちゃうかもしれないでしょう？」

この後宮で気を付けなければならないのは、盛大な伝言ゲームの被害だ。口伝いの連絡ほど信用ならず、文字の読み書きができる人材はより正確な情報のやり取りができるということで、特に重宝されたりする。

それに、情報が味方に伝わって上手《うま》く根回しがなされるのならばともかく、敵方に伝われば事態は悪化するしかないだろう。

「宮城っていう場所はね、そこいらの壁に耳がついていて、独り言だって誰かに聞かれていると思っていないと、失敗するからね？」

雨妹がこんな風にちょっと脅すと、静はぎょっとして周囲をキョロキョロと見回す。ひょっとして、本当に壁に人間の耳がついているのかと考えたのだろうか？

「ほら、天井だって普通に天井板だけど、その上に誰かがこっそり隠れていたら、話を聞き放題でしょう？　そういうこっそり隠れている人が大勢いるのが、この宮城って場所なの」

雨妹の説明に、静は「なんだ、そういうことか」と漏らす。

「けど、ずいぶん怖い場所なんだね」

そう話す静がちょっと顔色を悪くしたが、皇帝が住まう場所が怖くないはずがないだろう。それにこうした事情は何大公家でも同じであろうに、静はこれまで一体どういった生活をしてきたのだろうか？

しかしこうした疑問を、雨妹があまり追及するものではないだろう。雨妹の役割はあくまで、静の世話係なのだから。

とりあえず雨妹は、静が今やるべきことを語る。

「事情を話す時はちゃんと来るから、今のあなたは身体の疲れをとるためにも、しっかりこの夕食を食べることが大事！」

「……そうなのかな」

静は完全に納得できたようでもないのだが、これ以上食い下がることもしなかった。とりあえず今焦っても仕方ないことは理解できたようだ。

「さあ、美味しいうちに食べようよ！」

雨妹は改めて静をそう促すと、自分の器を手にとる。匙《さじ》で小豆の粥を掬《すく》ってパクリと食べると、小豆の香りが鼻に抜けて、ちょっと冷めてしまったけれど、それでもすごく美味しい。

「ん、やっぱり美味しい！　ほらほら、食べなって」

雨妹に急《せ》かされ、静は恐る恐るという様子で器を手に持つと匙を握り、粥をひと掬いして口に運ぶ。

「……まだ温かい」

食べて最初の一言は、それだった。

粥は出来立てよりも冷めてしまったが、それでも静にとっては温かい食事だったようだ。温かいうちに食べてもらおうと思って急いで持ってきた、雨妹の頑張りが静に通じたようで、なんだか嬉《うれ》しい。

——旅の間だと、温かい食事なんて食べられないものね。

雨妹は自身の辺境からの旅路を思い出す。

野宿だと火を扱うのも一苦労なため、水と干し物で済ませることがほとんどだ。山を下りて平地に出れば街道が整備されて、寝泊まりできる里がちゃんとあるのだが、お金がなければそれも無意味で、結局野宿である。どこぞの家の軒下で雨を防げる程度の恩恵には与《あずか》れるだろう。雨妹は幸いにしてちゃんとした引率者がいたので、街道の里でそういう目にはあわなかったが、そうした光景は度々見て来た。

その上、静の旅の保護者は異国人のダジャである。彼が旅のアレコレを整えるのに、どれだけのことができただろう？

雨妹がそんな疑念を抱いていると。

「それに、干し芋と薄い粟粥《あわがゆ》以外のものを、久しぶりに食べている気がする」

静からすごく可哀想《かわいそう》な事情が漏れ聞こえて、雨妹は涙ぐみそうになった。

――やっぱり、そうなるよね⁉　ダジャさんがご飯を手に入れるなんて難しいよね！

「お代わりが欲しいいなら、貰ってくるからね⁉」

「いや、そんなに入らない。っていうか、これは多すぎ」

雨妹がぐっと前のめりに言うのに、しかし静が拒否してくる。その上別段大盛になっているわけでもない粥を、多すぎるなどと言うとは、やはり静は粗食が続いたせいで胃が小さくなっているのかもしれない。それなら、徐々に食事量を増やしていきたいところだ。彼女は今成長期なのだから。

なにはともあれ、静はそれからしばらく黙って粥を食べていたのだが、食べ終えて器を卓に置くと雨妹を見る。

「えっと、姐姐《ジエジエ》？」

静がなんと呼べばいいのかと悩むようにして、雨妹にそう呼び掛けてきた。これは名前を知らない相手に「そこのお姉さん」と呼ぶようなものだ。そういえば色々あってすっかり忘れていたが、雨妹からはちゃんと名乗っていない気がする。

「私の名前は張雨妹《チヤン・ユイメイ》だよ、雨妹って呼んでね」

笑みを浮かべて今更の自己紹介に、静はコクリと頷《うなず》く。

「……雨妹はなんで、私に親切にしてくれるの？」

そして改めてそう問うてきたのに、雨妹は目を瞬かせる。

「親切もなにも、これは私が頼まれたお仕事なんだよ？」

雨妹は新入り宮女という仮の身分の静の世話係であり、完全なる善意のみでの行為ではない。だから親切云々《うんぬん》というのは、少し違うと思うのだが。

そんな雨妹の意見に、しかし静は首を横に振る。

「あの饅頭《まんじゅう》の店の前で雨妹が私のことに構わなかったら、たぶんあの将軍さんは私たちのことをそんなに気にかけなかったと思う」

意外なことを言われ、雨妹は「ほう！」と思わず声を漏らす。

——この娘、なかなか人を見ているんだなぁ。

確かに、雨妹があの時「あちらは子どもで、女かもしれない」という情報を李将軍《リー》に伝えていなかったら、李将軍は静とダジャにどこまで親身になっただろうか？　その場合も決して悪いようにはしていなかっただろうが、李将軍が自力で静の性別を見分けられたかは不明である。

そうなると静はいつまでも男と偽る行為を止められず、ダジャと共に男だらけの兵士たちの中に預けられ、そこでうっかり女だと知れてしまうと、そこはなにしろ血気盛んな男の集まりである。静は兵士相手に不幸にも身を汚されるようなことになってしまっていたかもしれない。まだ子どもであっても、そうした危険はいつだって隣り合わせである。

静がそうしたことまで想像したのかは謎だが、あの時の彼女は結構危うい選択肢の前に立っていたのだ。

しかし、雨妹はそうした最悪の想像を飲み込み、ニコリと笑った。

「そうかもね。でも私は気付いちゃったら無視できない性格なんだよね。人からは野次馬根性が強めだって言われているかな！　異国人と男装の娘さんっていう組み合わせって、興味津々になるよね！」

胸を張って堂々と告げた雨妹に、静が目を丸くしている。

静は雨妹が同情だとか憐《あわれ》みだとかを述べると思ったのかもしれない。だが生憎《あいにく》と雨妹はそんな食べられもしない感情だけでは動かされないのだ。女が男だと身を偽る上での危険を想像したのは確かだが、それだけではない。雨妹を突き動かす原動力はいつだって好奇心、すなわち野次馬根性である。

「なんだいそれ、雨妹は私を野次馬したかっただけなのか⁉」

ちょっと怒ったように静が言う。

静は物語の主人公に起きるような、「ちょっといい話」的内容を期待していたのかもしれない。しかし人間の行動の動機なんて、案外野次馬根性のような俗物的なものだろう。そしてそれは、静の中にもあるものだ。

「逆に聞くけど、静さんだったらどこかで自分がこれまで会ったことのないダジャさんみたいな異国人を見かけたら、なぁんにも気にかけずにさっさと通り過ぎちゃうの？」

雨妹のこの質問に、静が真顔になった。素直に問われたことを考えているらしい。

「……いや、そいつの後ろをこっそりついていくね」

そしてこのように述べた。

「それは結構な野次馬根性です！」

雨妹はうんうんと頷く。

静が妙に確信的な言い方をしたので、ひょっとするとダジャのことを思い出したのかもしれない。ダジャが奴隷だったことと、弟の護衛役だったことは聞いたが、出会いなどの詳しい話は知らないのだ。

――もしかして、異国人のダジャさんを初めて見た時にあんまりびっくりして、後をついていったのかも。

幼い姉弟《きょうだい》が大きな異国人をつけ回す様を想像した雨妹は、思わず「クスッ」と頬を緩ませる。

ともあれ、静が納得して気が済んだところで、雨妹は食べ終えた器を洗って台所へ戻しに行く。その間に静には、卓を隅に寄せて布団を敷いておくように頼んだ。幸い雨妹の部屋は土足禁止なので、布団を敷く場所を掃除する手間はない。

外はだいぶ日が暮れてきていて、そろそろ夜道を照らす松明《たいまつ》が焚《た》かれ始めていた。部屋で過ごすには、そろそろ油灯《ゆうとう》に火をともす必要があるだろう。

――静さん、灯《あか》りのつけ方がわかるかな？

大公の姉であるなら、自分で灯りをつける生活ではなかっただろう。油灯に火を入れてから出ればよかったかと、雨妹は今更ながらに思いつつ、井戸端で器を洗ってから、器を戻しに食堂へ再び向かう。

食堂では既に灯りがともされて、酒盛りが始まっていた。賑《にぎ》やかな宮女たちを横目に、雨妹は器が積んである場所に自分たちの器も重ねる。

「ここに戻しておきます」

「はいよ！」

雨妹が声をかけると、台所の誰かが返事をした。美娜がこちらをちらりと見たものの、雨妹は手をヒラヒラと振っただけで、余計なお喋《しゃべ》りをせずに部屋へ戻る。ここで下手に長話をして、静《ジン》をあまり一人にしておきたくないのだ。


雨妹が帰ったら、部屋の中は真っ暗だった。雨妹の部屋は外の松明の灯りからは離れているため、部屋に灯りをつけないと本当に真っ暗だ。

――やっぱり、油灯の扱いがわからなかったかぁ。

それにしても物音がしないので、雨妹は不思議に思って暗がりの中で静の姿を探す。すると敷いた布団の上に、ごろんと横になっている姿を発見した。耳を澄ますと「スー、スー」と規則正しい呼吸音が聞こえる。

「ありゃ、寝ちゃっているや」

静は布団の感触と暗がりの心地よさで、睡魔に勝てなかったようだ。静にとって今日は色々とありすぎた日だろうから、きっと疲れていたことだろう。しかしお仕着せを来たままだと寝辛《ねづら》くはないだろうか？　それに皺《しわ》になって困るのは静自身だ。

「おぅい、お〜い」

雨妹は静の隣に膝《ひざ》をついて、小声で声をかけつつ身体《からだ》を軽くゆするが、全く起きない。これを強引に起こすのもなんだか可哀想な気がして、雨妹が脱がせてやることにした。帯をちょっと緩めれば、服は上も下も案外スポンと抜けてしまう。脱がせた服を枕元へ畳んで置くと、肌着姿の静をちゃんと布団の中に寝直させる。

この間、静は「むにゃむにゃ」と寝言らしきものを口から漏らすものの、起きたりはせずに雨妹にされるがままだ。

「おやすみなさい、寝る子は育つんですよ」

最後に、雨妹は静の寝顔にそうささやきかけた。

いつもならばこの時間なら、油灯をつけて縫いものなどをするところだが、今日は灯りをつけて静を起こしてしまうのが忍びなくて、雨妹もさっさと寝てしまった。

＊＊＊

雨妹たちが寝てしまった、その頃。

宮城の奥まった場所にある一室にて、皇帝・志偉《シエイ》と李将軍が向かい合って卓につき、酒を酌み交わしていた。

志偉は影の者から一応の話を聞いていたものの、李将軍の口からも直《じか》に聞いているところだ。

「なんとまぁ、たまたま外にでかけてそのような者を引っかけてくるとは。雨妹はある意味引きが強いものよ」

志偉は公式な聴取の場ではないと示すために、こうして酒を飲みながらの話となっているわけだが、聞けば聞く程いっそ感心してしまうくらいに、揉《も》め事《ごと》を引っかける娘である。

「陛下に似たのではございませんかね？　陛下も妙な輩《やから》を拾うことが多かったですし。かくいうわたくしも、拾われた一人ですがね」

李将軍はそう言うと、ニヤリと口の端を上げる。

李将軍は生まれが高貴なわけではなく、州軍の端の方でその他大勢の兵士暮らしをしていたところを、志偉に見いだされて連れまわされ、あれよあれよという間に将軍の地位にまで上がってしまった男である。現在志偉に重用されている者は、これと似たような流れで味方についた場合がほとんどであろう。

なにしろ、志偉は表舞台に担ぎ出されるまで、皇帝の座争いに名前が挙がるどころか、かすってもいなかった男である。当然側近候補などいるはずがない。他の皇子の側近候補を信用するなど論外で、寝首を掻《か》かれる可能性しかなかった。なので信用できる人員は、自分で拾っていくしかなかったのだ。

そうやって拾われた筆頭が、李将軍であり、また明永《ミン・ヨン》であった。

その李将軍が、問題の者たちについて語る。

「事後報告になってしまったことは、まことに申し訳ない事態でございますが、楊《ヤン》はかの娘を、結局雨妹嬢に預けたようです。雨妹嬢の周りには陛下の影が張り付いておりますし、後宮内にいる内は、滅多なことにはなりますまいて」

「まあ、何《ホー》家の娘を後宮に入れたのはよかった。我が見張りやすいからな」

李将軍は志偉の口から苦言が出なかったことで、若干ホッとした顔になる。李将軍はある程度自由に裁量することを認められているものの、やはり雨妹を巻き込む事態には神経を使うのだ。

それでなくとも、苑《エン》州の異変を察知するのが遅れたことは、李将軍にも落ち度があるというのに。

「苑州がこれほどまでに切羽詰まった状況であるとは、知らなかったでは済まされませぬ。まことに申し訳ない」

そう話す李将軍の視線の先には、卓の上に置かれた苑州大公の印鑑がある。これを用意したのは、何静の双子の弟だという。

「それは我とて同じことよ。ここ数年は、黄《ホアン》家とのいざこざを収める方に、兵力も官吏も集中させていたのでな。苑州への監視の目が緩んでいたのは確かだ。今回は、その隙を突かれた形になったな」

志偉もその大公印を見つめて、そう話す。

大公印とは、領地を治める資格と能力を有しているという証《あかし》である。それを返すという行為は、己では領地を治められないと諦《あきら》めることとなる。すなわち、大公家の終焉《しゅうえん》である。

だというのに、何家を終わらせる決断をしたのが、わずか十二歳の子どもであるのだ。この事実が、なんとも切ない気持ちを湧き起こらせる。志偉が皇帝位を押し付けられた歳《とし》よりも、ずいぶんと若い。

戦乱で割れた崔《サイ》国を再びまとめ上げることに成功した志偉だが、最後まで決着がつかなかったのが黄家である。

それをどうやって決着をつけたのかというと、結果を言えば、戦乱があまりに長引き、民が飢え始めていることに気付いた黄大公の方が、先に折れたのだ。「なんとか手打ちにしたい」と志偉に密書を送ってきて、反対意見が出る間もなく速やかに友好関係を結んだことで、なんとか戦乱を終わらせたというわけだ。

しかし当然、それで黄家内に残る戦を続けたい者たちが黙っているはずがない。

「戦で消耗した金や人員は、皇帝や都から略奪してくればいい、勝たねば黄家の名折れだ！」

そう叫ぶばかりの連中を、志偉側は言い負かさねばならない。徐《ジョ》州の経済を復興させるために、都との往来の街道を整備したり、物品の流通を優遇したりと、色々と戦後の後始末に苦労した。

そして黄家を新参者だからと蔑《ないがし》ろにしないと示すために、志偉の妃に一人、太子の妃に一人、黄家の娘を徳妃として受け入れた。国母となる者を四夫人の筆頭に置き、その次を万が一の代わりとなるべき序列最上位家に確保して、徳妃はその次。つまり、位を自由にできる妃たちの中での一番の位を用意したわけだ。

これは破格の待遇であり、もちろん他の州公から不満が出たが、海の外の国との間口を持つ徐州は、戦続きで国力が低下した崔国全体のためにも重要な土地である、と撥《は》ねのけた。

実際黄家の外交術は、外交などしたこともなかった志偉にとって、ある程度譲ってもいいくらいに魅力であったのだ。

黄家への潘《パン》公主の降嫁は、その友好の証でもあった。

その潘公主への風当たりの強さは、端に追いやられた戦推進派の最後の抵抗だったのだろう。潘公主をなんらかの不幸な出来事で死亡させることで、再び戦へと情勢を持っていくつもりだったのだ。そのために利用されたのが、あの黄県主たちだったのだろう。

まあそれも、佳《カイ》の港に乗り込んだたった一人の小娘にひっかきまわされ、台無しにされたわけだが。そのおかげで、徐州の争乱がようやく収まると安心していたところだったのだ。

「徐州が落ち着いて、これでのんびりできると思うたのに、次は苑州とは。まったく、いつになれば我は隠居して、好きに暮らせるのか？」

愚痴を言いたくもなる志偉の空の杯に、李《リー》将軍が酒を注《つ》ぐ。

「戦乱の怨霊《おんりょう》どもは、なかなかしつこうございますなぁ」

志偉に付き合い、数多の戦場を駆け抜けた李将軍は、苦々しい思いが顔に滲《にじ》み出《で》ている。

「全くだ。だが、これを次代に引き継ぐことはせぬ。かような思いをするのは、我で最後である」

ピシャリとそう断じた志偉に、李将軍が目を見張ったのちに、自分の杯にも手酌で注ぐ。

「そのお気持ち、尊いものでございますな」

そしてそう告げた李将軍が杯を持ちあげると、志偉はその杯に己のものをカチンと当てて、二人でグイッと中身を飲み干すのだった。

第五章　新人教育

静を引き受けることになって、その翌朝。

雨妹《ユイメイ》はまだ日が現れる前の空が少々薄暗い時刻に目を覚ました。

昨日はいつもより早寝をしたものの、静の様子が気になって夜中に何度か起きたためだろう、はっきり言って睡眠不足感は否めない。しかしこれがしばらく日常になるのだから、雨妹も慣れねばなるまい。

まだなんとなく眠気が残っている身体をグーッと伸ばした雨妹は、布団を畳んで隅に寄せ、今日着るお仕着せの畳み皺を伸ばしていると、床に敷いた布団の中身がもぞもぞと動いた。どうやら静も起きたらしい。

「おはようございます」

「うん……？」

雨妹が声をかけると、布団の中からポコリと顔を出した静は、どうやら今いる場所がどこなのかわかっていないらしい。寝ぼけ眼で不思議そうな顔をしている。

「静さん、ここは百花宮《ひゃっかきゅう》の私の部屋ですよ」

雨妹が説明して、静はようやく頭が働きだしたのか、「ああ、そうか」と小さく呟《つぶや》くとモソモソと布団から身を起こした。

「よく眠っていたみたいですね」

そう話しかけた雨妹に、静が「うん」と頷《うなず》く。

「布団で寝たのって、いつぶりかわからない」

返ってきた言葉に、雨妹は「やっぱりかぁ」と内心で納得する。食事の時に懸念していた通り、都に来るまでの静たちの旅は、野宿続きだったのだ。何家の娘として不自由なく育てられたのであれば、大変な苦痛だっただろうに。そんな苦労をしてでも皇帝に会いたい理由があるということで、そう思うと雨妹の気持ちがピリッと引き締まる。

だがそんな気持ちはおいておくとして、今は朝の支度が先だ。

「静さん、起きたら顔を洗いに行きましょうか」

雨妹がそう言うと、静がふとなにかに気が付いた顔をした。

「雨妹、静でいい。今の私はただの静だ」

そして、こんなことを言ってくる。

——自分の立場を、ちゃんとわかっている子だ。

自分が周囲にどう見られているのか、それを判断するのはなかなか難しい。それもまだ子どもの静なのに。山越えをしてきた根性といい、この娘は高貴な家に生まれて大事に育てられた、という素性ではなさそうな気がする。

だがさて、ではなんと呼ぼうかと雨妹が考えた結果。

「うん、わかった。じゃあ静静《ジンジン》、今日から宮女生活の始まりだよ！」

雨妹が敢《あ》えて愛称で呼び掛けると、静《ジン》は頬をほのかに赤らめた。もしかして誰かにそう呼ばれていたのかもしれない。


朝の支度を終えた雨妹と静は、朝食を食べようと食堂へやってきた。これが静の食堂初体験だ。

ガヤガヤと騒がしい屋内に、雨妹は静を背後に連れて入った。

ジロッ！

そのとたんに、食堂内の視線がこちらに集中したのがわかる。しかしこうなるのは予測できていたし、静にも前もって説明しておいたのだが、それでも静が緊張したように身を固くした。

――たった一人だけの新入りだし、こうなるのも仕方ないよね。

宮女たちの視線の圧に雨妹は苦笑するが、この程度に臆《おく》していてはこの先やっていけないのだ。

「ほら静静、ご飯取りに行くよ！」

雨妹が軽く背中を叩《たた》いてやると、静は「うん」と頷いて、ぎこちない足取りだが雨妹の後ろに続いて中へ入っていく。

「おはようございま～す、二人分くださ い！」

「はいよ、おや……」

雨妹が声をかけると、厨房《ちゆうぼう》から美娜《メイナ》が顔を覗《のぞ》かせた。

「おはよう阿妹《アメイ》、そっちが噂《うわさ》の娘かい？」

美娜がそう言って厨房からぐっと身を乗り出してくるのに、静は気後れしたのか逃げるように身を引く。

「そうです、ほら静静挨拶《あいさつ》！」

雨妹はそれ以上静が下がらないようにぐっと背中を押す。

最初に逃げの姿勢を見せたら、「ああ、この娘《こ》は押しに弱い性格なのだな」と判断され、面倒ごとを際限なく押し付けられる羽目になりがちなので、第一印象は大事なのだ。

ちなみに雨妹は、この第一印象合戦に勝利した口である。あの李梅《リー・メイ》が世話役だったのは、他の宮女に「あの梅に押し勝つとは、こいつは面倒そうな娘だ」という印象付けになったという事実もあり、そうした意味では助かったのかもしれない。李梅は別に雨妹を助けてやる気はなかっただろうが。

それはともあれ、背中を押された静がしぶしぶ前に出る。

「……どうも」

そしてそれだけ言って黙る。不愛想にも程があるだろう。

——実は人見知りするのかなぁ？

昨日は必死だったから平気そうにしていたけれど、落ち着いたら本来の性格が出たのかもしれない。

しかし、美娜は静の態度に気を悪くした様子はないようだ。

「はっは、大人しい娘だねぇ。阿妹を初めて見た時とはえらい違いだ」

美娜が笑ってこんなことを言った。

「そうですか？」

雨妹は自分が初めて食堂で食事をした時のことを考えるが、どんな風だったか思い出せない。ただただ「ご飯が美味《おい》しい、幸せ！」と感じたことだけは、鮮明に覚えているのだが。

首を捻《ひね》る雨妹に、美娜が「お前さんは最初からそんな感じだったよ」と告げる。

「あんたはなんて名前だい？」

続けて静に問うのに、静はちょっと緊張した表情になってから、口を開く。

「何静《ホー》、です」

そう、楊《ヤン》とも相談した結果、この「何静」という名前は下手に変えずに、そのままで名乗らせることにしたのだ。

何というのが苑《エン》州大公家の姓であるのは広く知られている事実だが、大公家以外でも何という姓の者はいる。というか苑州以外でもそうなのだが、大公家にあやかって同じ姓を名乗る場合があるとのことだ。故郷を離れたことで、その故郷を忘れないように名乗る場合も多いらしい。

静は犯罪沙汰《ざた》でダジャと苑州を出奔してからは、その罪で捕まらないようにとずっと名を知られないように気を付けていたらしく、その名残で名乗ることに勇気が必要であるらしい。そうであるので、李将軍に向かって「何静だ」と名乗った時には、かなり心臓をバクバクさせていたことだろう。

そんな裏事情なんて知らない美娜は、名乗った静にニカリとする。

「はぁ、ならば静静！　ほらよ、アンタはそんな細っこいからたぁんと食べないと、身体《からだ》がもたないよ！」

美娜が雨妹と同じように愛称で呼ぶと、ドン！　と朝食を大盛で出してきた。

「なんだこれ……」

大盛の器を見て、静が頬をひきつらせている。昨日の普通盛りの粥《かゆ》にすら「多い」と言うような静であるので、この大盛の量はきっと異常事態に違いない。

ちなみに今日の朝食は餡《あん》かけ飯、前世で言うところの中華丼だ。寒い朝には温かい餡が絡んだご飯がとてもありがたい献立で、しかも大盛となれば雨妹ならば喜ぶところである。

「静静、頑張って食べられるだけ食べようか、残りは私が食べてあげるから」

雨妹は静にそう話す。

今の静の食欲的には多いかもしれないが、雑用をこなす宮女はただでさえ体力勝負であるので、小食を許したままにしておけばすぐに倒れてしまうだろう。雑用宮女は食べねばやっていられないのだ。静は今のところ飢餓状態で動くのに慣れた身体になっているだろうが、やはりそれは健全な状態ではない。

「……わかった」

静は雨妹が妥協しないことをその目力で悟ったのか、やはり渋々頷くのだった。

それから静にとっては戦いの時間が始まり、その朝食の戦いを終えて部屋に戻った雨妹たちだったが。

「食べ過ぎて具合悪い……」

大盛餡かけ飯を半分くらいまで頑張って食べた静は、そんな愚痴を漏らした。

大盛を半分なので、ご飯は普通の量よりも少なめといったところだが、飯にかけられている具だくさんの餡が胃を圧迫しているようだ。けれど食べ応えがあって栄養満点なこともあり、宮女たちに喜ばれる品である。静とて量が多いというだけで、美味しかったことは確からしく、餡かけ飯自体に不満はないようだった。

「これから仕事で身体を動かせば、楽になるって」

「そうかなぁ……」

雨妹がそう言うと、静は懐疑的な表情である。しかし食事もある意味訓練なのだ。食べて動いて消費してを繰り返して、身体に食べ方を教え込むのだから。

「慣れない量なのはわかるけど、静静はその身長なんだから、本来ならそのくらい食べるものなの。成長するのに必要な量を食べていないと、正しい成長ができないよ？　大人になって背は高いけど筋肉のないひょろひょろで骨ばった身体なんて、静静だって嫌でしょう？」

「……そうだけど」

雨妹がそう言い聞かせると、静はむっつりとした顔ながらも頷く。

静は今まだ成長期なので、食事での身体づくりの修正が間に合う。けれどこれがあと数年経《た》って筋肉や骨の成長が止まってしまったならば、もう修正が利かないのだ。

「静静はきっと、これからなにかをやりたいんでしょう？　だったらなおさら、逞《たくま》しい身体に仕上げておかないと、悪者なんて殴り倒せるくらいにね！」

静が「逞しい」という言葉にピクッと反応した。

「……私も、ダジャみたいに逞しくなれる？」

この問いに、雨妹は「う～ん」と首を傾《かし》げる。ダジャは体格以前に人種差というものがあるので、簡単に比べられないだろう。

「ダジャさんと同じようにっていうのはちょっと難しいけどさ、静静は今でもそんなに背が高いんだもの、女侠客《きょうかく》くらいは目指せるって！」

雨妹は己の好みを若干織り交ぜた意見を力説した。

前世の華流ドラマで、武侠《ぶきょう》モノも好みであった雨妹である。剣や棍《コン》を巧みに操って敵をバッサバッサとなぎ倒す様に未《いま》だに憧《あこが》れがあるし、諦《あきら》めていない道なのだ。

「女侠客って、子ども相手のお話じゃあないいんだから」

静はちょっと馬鹿にした口調だったが、表情はちょっと嬉《うれ》しそうであった。おそらくはまんざらでもないのだろう。なんであれ、これで静が食事を積極的に増やそうという気持ちになるならばいい。せっかくの美味しい食事なのだから、その美味しさを楽しみながら栄養をつけて成長していった方が、いいに決まっているのだから。

――けど後で医局に行って、静静のための胃薬を貰《もら》った方がいいな。

粗食続きで弱っている胃を健康にするには、やはり薬にも頼った方がいいだろうと、雨妹は心に書き留める。

静の食べ過ぎたお腹《なか》が多少落ち着いたところで、食後の身支度を終えたら早速仕事だ。

「回廊掃除をします！」

雨妹は静に掃除場所を明かす。

回廊掃除は後宮掃除の基本である。

後宮にはあちらこちらに回廊が張り巡らされているので、掃除といえば回廊なのだ。雨妹の場合はいきなり掃除困難物件となり果てていた王《ワン》美人の屋敷に一人で放り出されたのだが、本来ならここが正しい初心者への指導場所である。

というわけで、雨妹はまず静を道具小屋に案内した。掃除に必要な道具のアレコレについて説明しつつ、静に持たせる。大公の姉ならば掃除道具を見たことがないかもしれないので、雑巾《ぞうきん》の用途から教えた。

「掃除って、こんなに道具を使う作業だったのか、知らなかった」

はたきと雑巾入りの桶《おけ》を持たされた静が、そんな感想を述べる。

偉い人になると、掃除風景が目につかないように気を使われるため、「いつも綺麗《きれい》なのが普通だ」と思っている人もいるくらいだ。この静の発言も、偉い人としては普通だろう。

——むしろ、去年の梅さんの放置被害で「掃除をして！」って頼んできたお妃《きさき》様たちが、特殊だったんだよね。

梅はここまで被害を広げているのに、未だに出世をしない代わりにあまり立場を落としてもいないので、実家がかなり力のある商家なのだろう。

雨妹はそんなかつてを思い返しつつ、静《ジン》に掃除について語る。

「ちゃんと綺麗にしようと思ったら、使う道具が自然と増えるね。ちゃんと綺麗にしなくてもいいかと思って箒《ほうき》一本で済ませる人だって、いるにはいるけどね」

雨妹はそのあたりも静にきちんと教えておく。掃除係にも色々な宮女がいるので、「あの宮女はろくに掃除道具を持っていないではないか」という場面、つまりサボり現場に行き当たることだってあるだろう。

しかし、手抜き掃除が絶対的に悪いわけではない。梅のようなサボり常習犯は論外だが、どうしても短時間しか掃除ができない際には、いかに手抜きをしてきちんと掃除したっぽく見せるかという技も必要になるからだ。

「……ふぅん」

静は雨妹の説明がいまいちピンときていないらしく、首を捻っている。どうやら「仕事をサボる」ということがよくわからないようだが、最初から理解できている方が問題な気がするし、そういう場面に行き当たれば嫌でも理解するはずだ。

なにはともあれ、掃除道具を持ったところで、二人で指定の回廊へと向かう。

ちなみに、静は食堂に行く時からしっかりと頭巾《ずきん》をしており、その静に付き合って雨妹も頭巾をしている。頭巾頭が二人になるとそれなりに目立っており、通りざまに結構チラチラと見られていた。

「なんか、さっきからすごく見られるんだけど」

視線が気になるらしい静が、むっつりとした表情で告げる。雨妹は頭巾以外にも布マスクをしているこどもあり、「顔を隠す怪しい宮女」として見られることには慣れているが、見られ慣れていないとむず痒《がゆ》く感じるものだろう。

「宮城の外の庶民と違って、後宮だと頭巾をしている女の人って珍しいからねぇ」

雨妹は注目される理由を語る。

「なんで頭巾をしないの？」

静が問う。静自身が頭巾を被《かぶ》ることに特に抵抗を感じていないので、余計に不思議に思うらしい。苑《エン》州では高貴な女性も頭巾を被っているのだろうか？

雨妹はそんなことを考えつつ、静に答える。

「だって、綺麗な身なりをして皇帝陛下とか太子殿下とかの目に留まりたいじゃない？　そうすれば一気に出世の道が開けるんだし。そのために皆髪を綺麗に結うし、綺麗に結った髪を隠す頭巾なんて、むしろしたくないってことよ」

「そんなものなのか」

感心する静に、雨妹は「そんなものなんです」と頷《うなず》く。

「私は掃除途中で髪の毛を落として床を汚す方が嫌だし、髪に埃《ほこり》を被りたくないから、頭巾っていいと思うんだけどね」

立彬《リビン》から「髪が目立つからいつも被っていろ」と言われたなんてことは、言わずともいい話だろう。

雨妹たちが担当区域に到着したところで、回廊掃除開始である。

雨妹は静に簡単に手順を語った。

「難しいことはないよ。上から順に掃除して、落ちた埃を掃いた後で床を拭《ふ》く、これだけを守ればいいの。まず、はたき掛けからね」

雨妹はそう言うとまずは実際にやってみせようと、手作りはたきを持つ。

「こうして屋根の裏を撫《な》でてやると、案外埃が落ちる。溝になっているところをこうして拭く。はい、やってみて」

次にそのはたきを静に渡すと、彼女は恐る恐るといった調子で、先ほどの雨妹を真似《まね》てはたきを動かす。すると静がはたきで撫でたところから、ふわふわと埃が舞い落ちる。だがはたきを自分の真上に持っていき、しかも落ちてくる埃を眺めていては、当然その埃を静が被ることになる。

「……私に埃が降ってくるんだけど」

静がこの当然の結果に苦情を述べたので、雨妹はその動きを修正してやる。

「そこは上手《うま》く避《よ》けられるように、自分に落ちない角度ではたきを動かさなきゃ」

雨妹がはたきの角度を斜めにしてからモサモサと動かすと、埃は静の目の前に落ちて来た。その光景を見て「なるほど」と静が頷く。

「ほら、あのあたりに蜘蛛《くも》の巣《す》ができているから、はたきでとって！　これから暖かくなると、すぐ蜘蛛の巣ができちゃうんだよねぇ」

雨妹が指摘した個所《かしょ》に静ははたきを動かし、蜘蛛の巣を取り除く。

「手で触らないでやれるって、この『はたき』って便利だな」

蜘蛛の巣を遠くから取り除けることに、静が感心している。誰しも蜘蛛の巣があることに気付かないでうっかり引っ掛かった時、「やってしまった！」と思って結構落ち込むものだ。蜘蛛は毒蜘蛛《どくぐも》でなかったらそう怖がるような生き物ではないし、むしろ害虫を食べてくれる人間にやさしい存在だが、蜘蛛の巣が絡むとなかなか取れないので、雨妹だってできれば遭遇したくない。蜘蛛には雨妹が通らない辺りで平和に暮らしてほしいものだ。

それはともあれ。

はたきがけが終わると、まずは静の被った埃を払ってやって、落ちた埃もまとめて掃いていく。

「端から掃いて真ん中に塵《ちり》を集めるの。そうすると最後に塵を一度でとれるでしょう？」

雨妹の説明に、静が首を捻《ひね》る。

「ねえ、塵を回廊の外に出すのだと駄目なの？」

誰しも考える疑問を口にする静に、雨妹は正直に答える。

「駄目ってわけじゃあないよ？　けどさ、屋内掃除だったら外に掃き出せば部屋の中にその塵は戻らないけど、ここは外の回廊だからすぐに塵が風で舞い戻って、永遠に掃除が終わらないことになっちゃうね」

「あ、そうか」

雨妹が述べた理屈に静も納得してくれたので、さらに言葉を続ける。

「それに、屋内掃除だとしても、外に追いやった塵はどこかのこうした回廊の風の吹《ふ》き溜《だ》まりに集まっちゃうから、いつか誰かが集めて捨てないと、やっぱり掃除が終わらないわけよ」

「ふぅん……」

「けど、そういうやり方をする掃除係だっているし、そういう場合は誰かがその人が追い出した塵を集めてくれているわけだ」

雨妹の言葉を聞いて、静は目の前の塵を見てしかめ面をする。

「この塵が誰かのサボった跡だと思うと、なんか嫌だな」

静の感想に、雨妹は「そうでしょう？」と同意する。

「だから自分もその『嫌だな』をしないこと！　その方が気分もいいしね！」

「わかった」

雨妹が告げた結論に素直にこう言える静は、心根が正直なのだろう。「それでも自分が楽できる方がいいから、他人の苦労なんて知らない」と考える人だって、世の中にはいるのだから。

「掃除って、色々考えるんだな」

そうボソッと零《こぼ》す静に、雨妹は「そりゃあね」と応じる。

「色々考えるのは、どんな仕事だとしても同じだよ？　洗濯係だって、布地の種類とか服だったら着心地とか、色々考えると思うし」

「そんなもの？」

雨妹の話に、静が目を丸くする。

「そんなものなの」

雨妹は「うんうん」と頷く。静が他の仕事を馬鹿にしないように、そのあたりもちゃんと教えておきたいのだ。

さらに雨妹は続ける。

「仕事でも、そうじゃないどんなことでもさ、『なんで？　どうして？』を頭に浮かべることって、生きていくのを楽しくするの」

雨妹の場合、この『なんで？　どうして？』がほぼ野次馬につぎ込まれるわけだが。

雨妹の言葉に、静は衝撃を受けたというような表情になる。

「……私、そういう事、これまで誰にも教えてもらえなかった」

そう言う静に、雨妹は穏やかに諭す。

「こういうのって、誰かに教えられて『そうか！』ってなるものじゃあなくてさ、他の人を見ていて自分で気付くかどうかだと思うな」

誰かに教科書の教えのように告げられた内容というものは、案外たやすく記憶から漏れていくものだ。その時は「なるほど、いいことを聞いた」と思っても、それを真に自分の身に起こることだと想定できていなければ、一瞬後には忘れているだろう。

けれど自分で行動して気付いたことは、長く心の中に残る。そしてかつて誰かに言われた内容が記憶の底からよみがえり、「あれはこういうことだったのか！」と理解するのだ。

生きるのに必死で余計なことを考える余裕がないような時こそ、こういう気持ちが大事なのだと、雨妹は思う。矛盾した言い方のようだが、必死な時こそ一瞬でも立ち止まらなければ、細い道で分岐している人生の分かれ道を簡単に見逃してしまう。

生きることに必死だという事に関しては、雨妹だって辺境で相当必死な幼少期を過ごしたとは思う。けれど己の人生を悲観して憐《あわ》れんで過ごしても、人生なにも面白くない。面白みのない辺境でのつまらない暮らしの中で娯楽要素を探すことに、どれだけ苦労しただろうか？

——絶対に辺境で枯れるように死にたくないって、そればっかり思っていたんだよねぇ。

せっかく華流ドラマの舞台のような国に生まれ落ちたのだから、きっとドラマのような出来事がどこかで起きているに違いなくて。ならばそのドラマを生で眺めるために生まれたのだ、と本当に信じて疑わず、いつかその機会に巡り合えば逃すまいと、そればかり考えていた。

つまり、物心ついた頃から野次馬根性の塊だった雨妹なのである。

「だからさ、静静《ジンジン》もちゃんと周りを見て、自分が楽しくなりそうな『なにか』を見逃さないようにしなよね。辛《つら》い事は目の前にドーンと居座って嫌でも目に付くけどさ、楽しい事ってすぐにどこかに隠れちゃうんだから」

「ふ～ん、わかった」

静は素直に頷くものの、きっと本当にわかったわけではないだろう。けれど、この言葉が心の奥底に残っていたら、いつかピンと来る事があるだろう。

そんな話をしつつも、雨妹と静は掃除を続ける。

拭き掃除まで終えた頃には、雨妹が一人でやるよりもだいぶ時間が過ぎていたけれど、掃除に慣れない人だと作業時間はこんなものだろう。

静は最初、朝食を食べ過ぎたために満腹過ぎて動きが悪かったのだが、雨妹の指示通りに動いているうちに食事量と運動量が釣り合ってきたのか、だんだんと動きが機敏になってきた。

「ようし、こんなものでしょう！」

雨妹が掃除の完了を告げると、静はその場にへたり込む。

「なんだか、旅で歩くよりも疲れた。山越えをした時よりは楽だけどさ」

静が漏らした愚痴に、雨妹は苦笑する。

「そりゃあね、極端に言えば歩くのって身体反射の惰性で前に進めるけど、掃除の動きはそうはいかないし、身体《からだ》のいろんな個所を使う全身運動だからね」

雨妹はそう言いながら、静に水の入った竹筒を渡し、自身ももう一つ持っている竹筒からグビッと水を飲む。

その時。

「ここにいたか」

ふいに、そんな声が聞こえた。

——来たな！

雨妹はその声がそのうちに姿を現すだろうと思っていた人物のものだけに、心の中で構えつつ、顔はにこやかな笑顔を作る。

「立彬様、こんなところまでどうしたんですか？」

そう、声の主は立彬であった。手になにかの包みをもって、雨妹たちがいる回廊の向こうに立っている。雨妹の近況に変化があれば、何故《なぜ》かそれを嗅《か》ぎつけてやってくるのが、彼なのだ。

「お前を探してのことに決まっているだろう」

立彬は雨妹にそう返すと、こちらに寄ってくる。

「一人だけ時期から外れて来た新入りを、お前が指導するという噂《うわさ》を聞いたのでな、どんなものかと様子を見に来たまでだ」

「それはそれは、耳が早いですねぇ」

思った通りの理由だったので、雨妹は「この男も結構な野次馬ではないか」と言いたくなる。いや、立彬の場合、彼自身の考えで動いているわけではなく、上司の意向だろうから、野次馬なのは太子の方だろうか？

立彬の登場に、掃除でくたびれてへタっていた静《ジン》が雨妹の後ろに隠れるようにする。

静は掃除中に他の宮女や女官、宦官《かんがん》が通りかかってもこんな態度をとらなかったのだが、もしかしたら武人としての立彬の気配を感じ取っているのかもしれない。

――立彬様って、近衛《このえ》としての自分のことを上手く隠しているようで、微妙に隠せていないもんねぇ。

雨妹はそんな風に考えながら、とりあえず立彬と静の間を取り持つ。

「立彬様、この娘《こ》が来たばっかりの新入りです。静静、この方は王《ワン》立彬様というちょっとした知り合いで、太子殿下のお付きの方だよ、ご挨拶《あいさつ》してね」

「……太子殿下の、お付きか」

雨妹に説明されて、静が小声でそう独り言のように呟《つぶや》いて立ち上がる。しかしその表情が少々、いやかなり硬い。

「何《ホー》静、です」

そしてぶっきらぼうとも聞こえる調子で名乗る。

──もしかして、昨日の李《リー》将軍や楊《ヤン》おばさんとの話を気にしているのかな？

あの時の会話に口を挟まなかった静だったが、「太子のお付きの立彬に注意する」ということだけを覚えていたのだろうか？

一方の立彬も、「何静」と聞いてかすかに眉《まゆ》をひそめる。

「何《ホー》……？　いや、他にも聞く姓ではあるか」

こちらもまた独り言のような立彬の呟きを、雨妹は「なんの事だかわかりません」という顔で聞き流す。

──やっぱり、真っ先に苑《エン》州の何家を思い浮かべたんだろうなぁ。

時期が時期だけに、すぐにあちらを連想するのは仕方ないだろう。そしてこの宮城にも「何さん」は多くいるだろうし、彼らにとって昨今の情勢は迷惑なことだ。

そんな緊張感が漂う両者の間で、雨妹は朗らかな態度で立彬に話す。

「静静はですね、すっごい田舎から出て来て山越えの道が悪かったから、春節前に来た新入りの集団に合流できなかったんですって。私としては、田舎ってことに親近感がありますよねぇ」

「なるほど。年末には山手で大雪が降った地域が多かったらしいので、そういうこともあるだろうな」

雨妹の言葉に、立彬は特に疑いを持たなかったらしく、こう言って頷《うなず》く。

静が山越えしてきたのは嘘《うそ》ではないので、立彬から本人に対して追及されてもボロが出ないだろう。

「それにしても、お前も世話役に出世したわけか。目出度《めでた》いな、おめでとう」

静のことから話が逸《そ》れて、立彬が雨妹にお祝いを告げた。

「ありがとうございます！　けど出世は程々がいいと思っていますので、どうか殊更に推薦しようとか考えないでくださいね！」

しかし、雨妹はお礼を言いつつも、大事なところに釘《くぎ》をさす。これで変に「出世の手伝いをしてやろう」なんて親切心を抱かれては困るのだ。

この雨妹からの注意に、立彬が呆《あき》れ顔《がお》になる。

「お前は……。普通人脈を得たら、出世に利用しようと考えるものだぞ？」

そんな一般論を言われても、雨妹としても困るのだが。

「えぇ～⁉　だって、偉くなるって不自由じゃないですか。楊おばさんを見ていると、特にそう思いますけど」

「まあ、それも違いない話だがな」

雨妹の正直な感想に、立彬も否定しなかった。彼にとってもやはり、偉くなるとは不自由になるということらしい。

こんな、聞きようによっては失礼な話をあまり続けたくないのか、立彬が「ごほん！」と咳払《せきばら》いをした。

「それにしても、お前も忙しいことだな。昨日は許子《シュ・ジ》の様子も見に行っていたのだろう？　あちらはどうだったのだ？」

立彬は一応そちらの動向も気になるらしい。

「許さんは元気そうでしたよ！　風湿病もお医者様の言いつけをしっかり守っているようでしたし、なにより朱《ヂウ》さんがちゃんと見張っていますから、無理ができずに治りが早いみたいです。それに今はお店をもう一度やることに、一生懸命みたいです」

雨妹が語る内容に、立彬は眉を上げる。

「それはまた、目的があると人は前向きになるという良い見本だな」

こんなことを言う立彬からするとこの許の変化は、後宮にいた頃の彼女を知っている身としては想像のできない前向きさだったらしい。

「それに、明《ミン》様以外の人と話せるっていって、家人のお婆《ばあ》さんがとても元気でした」

「あのお人も、なかなかに謎だな」

あの明の屋敷で一番偉いであろう家人の老女を思い出したのか、立彬がため息を吐《つ》く。

立彬には、美蘭《メイラン》の宮の全《チユエン》と老女の関係は話していない。まだ確定していないことであるし、いつかはっきりわかった時に、賑《にぎ》やかに話せばいいのだと思っている。

――けど、秀玲《シオウリン》さんあたりは会いたがりそうだよね。

お茶にこだわりのある人であれば、きっと気になるだろう。

こんな風に色々と話をしたが、律儀な立彬はお祝いで言葉を贈るだけではなかった。

「これは出世祝いだ」

立彬がそう言いながら、持っていた包みを差し出してくる。

「豆沙包《ドーサーバウ》だ、まだ温かいぞ」

なんと、雨妹が喜ぶものをわかっている男ではないか。

「うわぁ、ありがとうございます！　静静、立彬様からおやつを貰《もら》えたよ！」

輝きに満ちた表情である雨妹の一方で。

「……ありがとうございます」

静の表情が未《いま》だ硬いのは緊張もあるだろうが、他に「え、やっと朝食を消化したところなのに、また食べるの？」という心境である可能性があるかもしれない。

けど甘味とは、案外一口食べたら全部ペロッといってしまうものなのだ。

「せっかく貰ったし、後で一口か二口でも食べようよ。甘味って食べたら幸せになれるよ？」

「……うん」

お腹《なか》の空《す》き具合と、甘味の誘惑に揺れていたようだったが、やがて頷いたので甘味の誘惑が勝ったと見える。

――甘味、食べたいよね！

この静の様子を、彼女の食が細いことなど知るわけがない立彬が、不思議そうに眺めてくる。

「そちらの何静とは、人見知りの気があるのか？」

そしてそんな風に問われた。

「そのようですね」

とりあえずはそういうことにしておこうと、雨妹はその意見を肯定しておくのだった。

結果として、わざわざ豆沙包を渡すためだけにやって来た立彬が戻っていったところで。

雨妹は今日の掃除を終えて、この後のことについて考える。

――やっぱり医局に行こう。

なんのためかというと、静に胃薬を処方して貰うためだ。静があんまり疲れていたらやめようかと思ったのだが、やはり食べないと体力がつかないので、そこを先に解決してあげたいのだ。

「静静、これから医局に行くよ」

「イキョク、ってなに？」

雨妹が声をかけると、静が当然な疑問を投げかけてくる。どうやら普通、後宮入りしてすぐの頃から、医局の存在を知っていたりはしないものらしい。華流ドラマ知識の一環で知っていた雨妹が変なのだ。

「医局ってお医者様がいらっしゃるところなの。あそこを知っておくとなにかと便利だし、今日は胃薬を貰おう。それに、できれば健康診断とかしてもらいたいかな」

静は昨日楊から身体を調べられはしたが、あれは性病の有無の確認だけだったので、やはり医者に一度ちゃんと調べてもらった方がいいだろう。

「……胃薬は欲しい」

静もどうやら医局に行くのに異存はないようなので、掃除道具を三輪車に載せて医局へと向かった。


そんなわけで、雨妹たちは医局へ到着した。

建物の前に三輪車を停《と》めると、戸を叩《たた》く。

「陳《チエン》先生〜！」

雨妹がひと声かけてから戸を開けて中を覗《のぞ》くと、戸口からでも奥にある部屋の中が散らかっているのが見える。

その奥の部屋から、陳がひょこりと顔を覗かせた。

「おう雨妹、いいところに来たな。片付けを手伝ってくれないか？」

陳がそう言って手招きしてくるので、雨妹は静を連れてそちらに向かう。

「また、えらく散らかっていますねぇ」

雨妹が感心してしまうくらいに、いつも診察に使われている部屋はごちゃごちゃに散らかっていた。その散らかっている物は綿やら包帯やら薬瓶やらばかりだったので、どうやら患者対応をした直後だったようだ。

「まったく、えらい苦労をしたぞ」

陳がそう言ってため息を一つ吐くと、部屋がこうなった事情を語った。

なんでも、先程までいた患者は宮女だったのだが、なんらかの作業をしている最中にうっかり木材のささくれている部分に触れたそうで、そのささくれの棘《とげ》が手の指に深く刺さってしまったのだという。

「刺さった棘を抜くだけなんだが、何故か指ごと切り落とされると勘違いしてな、まあ暴れるわ暴れるわで、こうなったんだよ」

「それはそれは、お疲れ様でした」

事情を知って、雨妹は苦笑しつつ陳をねぎらう。

どうやら大変な怖がりの患者だったようだ。陳は指を切り落としたりしないと説得したものの、痛がって騒ぐ彼女の指をとるのも一苦労で、やっとどうにか棘を抜けるかとなったが、深くて簡単に抜けないのでちょっと切開するために刃物を手に取ると、「やっぱり指を切り落とされるんだ⁉」と彼女がわめいて話が元に戻る。そんな堂々巡りをしていたのだそうな。そういう場合には助手がいれば暴れないように押さえてもらえるのだろうが、ついてないことに陳が一人だけの時の患者だったとか。なんとも不運なことである。

「お任せください。掃除係なので、片付けは得意です！」

雨妹がドンと己の胸を叩いてみせると、陳がホッとした顔になる。

「助かる。で、そもそもお前さんはなんの用事で来たんだ？」

陳が問うてきたので、雨妹は自分の後ろで所在なさそうに立っている静《ジン》を振り返る。

「あのですね、こちらの静静《ジンジン》を診察してもらいたくて、来たんです」

雨妹はそう言って、静の背を押して陳の前に出した。

「ここのお医者様の陳先生だよ、ご挨拶してね」

「何静です」

雨妹が促すと、静は名を告げて礼の姿勢をとる。今度は立彬相手の時よりもマシな挨拶ができた静である。やはりあの時は立彬が少し怖かったようだ。それで言うと、最初に会った李将軍の方がずっと怖いはずなのだが、あちらと会った時は興奮し過ぎていて、その勢いで話せていたのかもしれない。

そんな静の様子を見て、陳が眉を上げる。

「ほう、もしかして噂《うわさ》の新入りか？」

やはり陳のところにも、時期外れの新入りの噂が届いていたようだ。

「さすが耳が早いですねぇ、そうなんです。私が片付けをしている間に、この静静の診察をしてもらえますか？」

「おう、いいぞ。じゃあ静静とやら、こちらに来てくれ。どこが悪いんだ？」

雨妹が頼むと陳が請け負い、静を牀《しょう》へと誘導する。

「……腹が重い」

静はとりあえず、今最も要望することを伝えていた。

「静静って、どうにも食が細いんですよねぇ」

雨妹は床に散らかっている物をかき集めながら、陳に意見を付け加える。

「ふんふん、ちょっと腹に触るぞ」

静の診察が始まったので、雨妹は極力うるさくしないように気を付けながら、手際よく室内を片付けていく。落ちている瓶の類はまとめておけば、きっと後から陳が分けるだろう。汚れた布は洗濯行きになるので、そちらもまとめて隅に置いておく。

――こんなものかな！

今誰かが入ってきても見苦しくはないだろうと、雨妹が室内を見渡して確認していると。

「おい雨妹」

「はい？」

陳に呼ばれたので、雨妹はそちらを振り向く。すると、陳が険しい顔をしていた。

「この娘、本当に新入りの宮女か？」

そしてこう尋ねたのはさすが陳だ、静が成人ではないとわかったらしい。雨妹も陳なら静の年齢に気付くのではないか？　と考えていたので、問われても驚きはしない。

「陳先生、内緒でお願いします。楊《ヤン》おばさんも承知のことなんです」

雨妹は陳にニコリと微笑《ほほえ》んでそう答えた。

「……なるほど？」

雨妹の説明に陳はため息を一つ吐くと、ほんの少し表情を和らげる。安堵《あんど》したというよりも、諦《あきら》めたのかもしれない。

それにしても、静の年齢はやはりわかる人にはわかるのだ。

――もしもの場合を考えたら、すぐに医局に来てよかったのかも。

雨妹は結果的に運がよかったと言える今回の医局来訪を、そう考える。もし静が雨妹がいない時に怪我《けが》などをして医局に担ぎ込まれて、そこで素性が露呈したら、きっと大騒ぎになっていたことだろう。けど今なら、陳に便宜を図ってもらえる。

「それで、静静はどんな様子ですか？」

雨妹が診察結果を尋ねると、陳は「そうだなぁ」と顎《あご》を撫《な》でる。

「腹の中の動きが悪いな、腹が固いし冷えている。これじゃあろくに食べ物を消化できず、苦しいだろう」

「ははぁ、やっぱりですか」

想像通りの答えが返ってきて、雨妹は納得顔になる。

「腹の動きを良くする薬を出しておくので、これを飲めば楽になるはずだ。それにしても痩《や》せすぎだから、ちゃんと食事を食べさせるんだぞ？」

「わかりました、気を付けます」

さらに陳から注意されて、雨妹は深く頷《うなず》く。

その後静は早速処方された胃薬を飲んだ。

「うへぇ、苦い……」

薬湯になっている胃薬を一気に飲み干すと、壮絶に顔をしかめる。どうやら苦い味が苦手なようだ。まあ、薬を飲むのが得意な者というのは、あまりいないかもしれない。

「ほら、口直しにこちらを飲め」

陳はちゃんと口直しの白湯《さゆ》を用意していたので、静は素直にそれを受け取って飲んでいる。

静は薬が効くまでしばらくかかるだろうから、それまで様子見である。

一方の雨妹は、待っている間に立彬に貰った豆沙包を食べることにした。

「お祝いだって立彬様に貰ったんですけど、ここで食べていってもいいですか？」

「そりゃあいいが、そういえばお前さんは出世したんだな」

豆沙包を取り出した雨妹に、陳が思い出したように告げる。

「はい、けど出世の最初も最初の一歩ですけどね」

大騒ぎをされるような急速な出世というわけでもないので、雨妹としてはあまり大げさに胸を張れるものではない。

指導役になったのが後宮入りして一年というと早い気がするが、この一年でこなした掃除量を考えると、順当な気もする。普通一年未満の新人は、これほど掃除をこなすものだろうか？　せいぜい大勢でやる回廊や庭園などの広い場所の掃除をやって、掃除の腕をこつこつと積み上げるところだろう。事実、雨妹以外の新入りはそんな感じの仕事をしていた。雨妹一人が例外なのだが、これもある意味、放任だった雨妹の指導役の李梅のおかげともいえた。

それはともあれ、陳はこの雨妹の言葉を謙遜《けんそん》だと捉《とら》えたらしい。

「何事もその第一歩から始まるもんさ。これからぐんぐん上に行くかもしれんぞ？」

発破をかけるようにそう言ってくるが、雨妹としては冗談ではない。立彬といい、雨妹の出世を促すようなことは止《や》めてもらわなければならないのだ。

「やめてくださいよ！　私は出世をして忙しくなるなんて御免です、そこそこ働いて、趣味に生きるんですから！」

力説する雨妹に、陳が目を丸くする。

「趣味って、野次馬か？」

「そうですけど」

からかうつもりが真顔で肯定されて、陳が呆《あき》れ顔《がお》になった。


そんな話をした後。

せっかく立彬がまだ温かいうちに届けてくれた豆沙包《ドーサーバウ》だが、医局にくるまでに冷めてしまったので、雨妹は竈《かまど》を借りて温め直す。さらに豆沙包は静の分もあるのだが。

「まだそれを視界に入れたくない」

静が拒否したので、それが余ることとなった。

「じゃあ、これを陳先生にお裾《すそ》分《わ》けしていい？」

「誰かにさっさと食べてほしい」

雨妹の提案に、そんな答えが返ってきた。どうやら目に毒だと言いたいようだ。

というわけで、雨妹と陳とでおやつとなった。

「どうぞ！　立彬様が持ってきたものだし、きっといい材料を使っているはずです！」

「ふむ、そいつは味わって食べないとな」

雨妹がそう話すと、陳が豆沙包を太子宮の方角へ捧《ささ》げるようにしてから、パクリとかぶりつく。

「うん、美味《うま》いな」

「美味《おい》しい～♪」

陳と二人で豆沙包を味わっている様子を、静が牀に腰かけて眺めている。

「静静も、早くおやつを食べられるくらいになったらいいね」

「そうだな、その年頃だと普通なら、いくら食べても食べたりないものだぞ？」

「……はぁ」

そんな静に雨妹と陳がそう言うと、彼女はお茶を一口飲んで、眉間《みけん》に皺《しわ》を寄せつつ息を吐く。

――およよ？　「今食べる話をするな！」とか言うかと思ったけど。

静のこの悩ましそうな様子を見るに、先だって雨妹が話した「食べなければ逞《たくま》しい身体に育たない」という言葉を覚えていて、本当は食べたいのだろう。しかし、食べる気持ちがあるのはいいことだ。これが重症だと、食べたいという気持ちにすらならないのだから。

「静静、胃薬も貰《もら》えたし、これからだんだん食べられるようになるよ。まずは一度に食べる量を増やすより、食べる回数を増やしていこうか。美娜さんに頼んでおやつをできるだけ用意してもらうから」

「……うん」

雨妹の助言に、静は素直に頷くと、またズズッとお茶を飲む。

「あと、食べ方も気をつけるんだ。噛《か》まずに丸呑《まるの》みするような食べ方は、腹に余計な負担をかけるからな。少しずつ口に入れて、よく噛んで食べること。それが一番の胃薬だぞ？」

陳からも医者としての助言が出た。確かに、よく噛んで食べることは健康的な食事の基本である。

「食べ方なんて、これまで考えて食べたことない」

静が首を傾《かし》げるが、恐らくはこの国の多くの人がそんなものだろう。前世だって消化に良い食べ方なんてことが意識されるようになったのは、そう昔のことではなかったのだから。

「これから気を付ければいいんだよ、静静」

「そうそう、何事もこれからが大事だぞ？」

雨妹と陳の言葉に、静は「これから……」と小さく呟《つぶや》いた。

＊＊＊

「戻りました」

立勇《リーヨン》は明賢《メイシエン》の執務室に戻ると、そう挨拶《あいさつ》をした。

「お帰り、どうだった？」

すると、明賢が待ち構えていたように尋ねてくる。主語が抜けているが、立勇には主《あるじ》がなにを聞きたいのかおおよそわかる。

「噂の新入りを、実際に見てまいりました」

そう、時期外れの新入りの話は明賢の元まで届いていた。その様子窺《うかが》いを、立勇は明賢直々に命じられたのだ。

「新入りは小柄で、ひょろりとした娘でしたね。雨妹が言うには、山奥から出てきたものの、他の宮女候補の娘たちと合流し損ね、一人でやってきたという話でした」

「ふぅん？　珍しいとはいえ、なくはない話かな」

立勇の説明に、明賢は顎を撫でつつそう告げる。

「ただ気になるのは、娘が到着したという昨日が、雨妹の外出日だったことです。許子《シュ・ジ》の様子を窺いに行く許可が出て、その付き添いは李《リー》将軍だったはず。私に回される話を、『外の様子を堂々と見たい』という理由で、李将軍が横入りしたと聞いています」

立勇がそう懸念事項を告げると、明賢は眉《まゆ》を寄せる。

「今は微妙な時期で、李将軍も気軽に歩けないだろう。軍部が民衆を威圧していると受け取られかねない。だから、なにか街中をブラブラする言い訳が欲しかったんだろうね」

明賢がそう考えを述べる。

今回の苑州《エン》への出兵には、反対意見がある。というよりも、反対意見が大半である。

理由としては、苑州の異変による影響が宮城内で留《とど》まり、民衆はなにも知らないままだからだ。

なので「東国に攻め込まれている」と発表されても、実感がないので法螺《ほら》話だと思っても不思議はない。これも苑州と都との交流が少ないせいで、民衆には苑州の情報が少ないことが原因だろう。

しかし、だからといって苑州の現状を全て教えるわけにはいかない。ここまで悪化するに至ったのは、宮城側の監視不足の面も否めないからだ。広く知れると、そこを突いて政情を悪化させようとする輩《やから》が出てくるだろう。そしてあわよくば皇帝の位を……、というわけだ。なにしろ、皇族の血を引くと自称する者は、そこいらにゴロゴロとしているのだから。

そんな理由で外に出ていた李将軍が、戻ったとたんに出た新入り宮女の噂《うわさ》である。

「娘の名が『何《ホー》』という点も、少々気になります。他にも聞く名ではあるのですが」

雨妹の前では引き下がったが、やはり、あまりに時機が合い過ぎている名であるため、気にしない方が無理というものだろう。

「それに、個人的な考えを述べさせていただけるならば、雨妹は揉《も》め事《ごと》を引き当てる事に関しては、天才的な才能があります。あの者がなにかしらの厄介事を拾ったのではないか？　と邪推している次第です」

邪推と言いつつも、力強く述べる立勇に、明賢が苦笑する。

「そうだとしたら、あまりに出来過ぎた話にも聞こえるんだけど。あの娘《こ》だと、あり得なくはないと思えてしまうんだよねぇ」

「出来過ぎの話をしれっとやらかすのは、雨妹が得意とするところだと、私は思っております」

立勇が眉間に皺を寄せて、そう言い切る。もしこの場に雨妹がいれば、「立彬様は、私をなんだと思っているんですか⁉」と憤慨しそうである。

「仮にそうだとしても、その娘の身柄を李将軍が密《ひそ》かに後宮へ引き入れたことになる。当然雨妹には、そのような権限はないからね」

明賢の言葉に、立勇も考え込む。

「そうしなければならない、なんらかの理由があったということですか」

もしなんらかの理由で娘を匿《かくま》いたかったとしても、それは別に宮城の中でなくてもいいはずだ。万が一の時の隠れ家くらい、外城にも内城にもいくつかあるのだから。そうなると、あの娘がよほど重要な情報を持っていた、ということになる。

――そうなると、雨妹は情報を入手する役目でも仰せつかっているのか？

いや、あの雨妹はそのようなやり取りが得意そうには見えない。純粋に、身の回りの世話を命じられているだろう。だとしても今日見たところ、雨妹はあの娘に真面目に仕事を教えているようだったし、娘も真面目に働いているようであった。

――何の名を名乗ったとはいえ、大公に近しい身分ではないのか？　大公家の娘が、掃除などするものだろうか？

考えれば考える程、疑問が湧き出てくる。

「とりあえずは、これで苑州の内情は少しは知れるのかな？」

明賢がそう述べ、この話はひとまずこのまま様子見ということで落ち着いた。

ところで、立勇が知っているのは時期外れの新入り宮女の噂だけで、その新入りには同行者がいたという噂は、全く聞こえていなかった。

つまり李将軍は、噂の娘――静《ジン》を目立たせることで、ダジャの存在を隠すことに成功したのである。

＊＊＊

時間が経《た》つと胃薬が効いてきたようで、静は少しスッキリとした顔になった。

「うん、顔色が良くなったねぇ。まだどこか辛《つら》い？」

「身体《からだ》が軽い！」

雨妹が静の調子を確認すると、本人が元気にそう告げる。どうやら胃薬がてきめんに効いたようだ。

そんな静に、陳が注意事項を述べた。

「胃薬は食事前に飲むように。身体の働きを補う薬も混ぜてあるから、良くなりたいなら苦くてもちゃんと飲むんだぞ？」

「あれ、すごく苦いんだけど……、わかったよ、飲む」

静は反論を試みたが、陳の目力に負けて頷《うなず》く。

「雨妹、薬の時間に気を付けてやれ」

「はい！　静静《ジンジン》、頑張って飲もうね」

雨妹が励ますように言うと、静はふてくされた顔になる。

——こういうところは、やっぱりちゃんと子どもなんだよねぇ。

身体が大人並みだと、心まで大人並みだと思われそうだが、やはりまだ子どもなのだ。この子どもの静を、雨妹はできればそのままでいさせてあげたい。

「その元気さだと、夕飯は入りそうだね！」

雨妹がそんな気持ちを込めて、からかい調子で言うと、静は嫌そうに眉間に皺を寄せる。

「……朝のアレを、また食べなきゃいけないの？」

本気で心配する静に、雨妹は「いやいや」と首を横に振った。

「夕飯はあんなに大盛にされることはないって。朝はこれから働く人のご飯だから、特に盛られるんだよ」

「ふぅん？」

しかし静は「信用ならない」というように雨妹を見る。

ところで、雨妹はせっかく医局へ来たのだからと、ついでに静の足の傷も診てもらうことにした。

「都に来るために山越えをして、無茶をしちゃったみたいなんですよね」

「ふむ、どうやら肉刺《まめ》が潰《つぶ》れたり、足裏に石が刺さったりしたのを放置したんだな。早く対処すれば治りも早いものを」

雨妹の説明を聞いて、陳は傷の原因をそう言い当てた。

「……」

図星だった静が、無言でフイッと横を向く。

雨妹が朝に包帯を替えてあげて、明《ミン》に貰った薬も塗っていたが、改めて傷口の洗浄と、違う薬を処方される。明にもらったものは火傷《やけど》や切り傷、潰れた肉刺など、比較的なんにでも効く薬だが、こちらはまさに今の静の足のような状態に使う、もっと強い薬なのだそうだ。

「鎮静効果もあるから痛みが楽になるだろうが、だからって治ったわけじゃあないからな、無理をしないことだ」

「はぁい」

包帯を巻かれながらの注意に、静は素直に頷く。

「じゃあ静静は、しばらく掃除道具と一緒に荷台だねぇ」

雨妹はそう言って静の背中をポンと叩《たた》く。

そう、実は雨妹は静を三輪車の荷台に乗せて移動していたのだ。これも、静の身体が軽いためにできたことである。もし静が重量級の肉体の持ち主であるならば、恐らく三輪車の方が重さに耐えきれずに壊れただろう。

だがこれに、静が嫌そうに顔をしかめた。

「アレ、目立つんだけど？」

静の言うことももっともで、ただでさえ三輪車は導入されたばかりの交通手段なので、まだ後宮内にある台数が少ないこともあり、走っていると注目される。そのうえ荷台に人が乗っているとなると、注目度も高まるというものだ。

「足が良くなるまでだよ」

雨妹がそう慰めると、静が頬を膨らませてむくれる。

――うんうん、年相応な表情だね。

静がダジャと一緒だった時は大人びて見えていたのだが、あれはダジャが大人とはいえ、奴隷という身分であるため、自分がしっかりしなければと気を張っていたのかもしれない。それで言うと雨妹は、気を張る必要のない、ただ行き当たっただけの上司である。

「足を早く治したかったら、ちゃんと食べて寝ることだね。それが一番の薬！」

「はは、違いない」

雨妹が静のむくれ顔を指で突《つつ》いていると、陳も同意した。

その一方で、陳はここまで静を三輪車で運んできたことが気になったらしい。

「だがなるほど、三輪車はそうした使い方もできるのか。動けない患者を運ぶのによさそうだな」

陳がそんなことを呟く。医局にとって動けない状態の患者の運搬方法は、なかなかの難題であるようだ。なにしろ救急車のような便利なものはなく、患者を動かす手段は人が担ぐか、荷車かということになってくる。しかし荷車が入らない道だって多いし、人が担ぎ歩いて運ぶとなると、途中で疲れて患者を落としてしまうかもしれない。

雨妹はそちら方面での三輪車使用を全く思いついていなかったので、「そういえば」と頷く。

「言われてみれば、そうかもしれませんね。後ろの荷台をもう少し改良すれば、人を寝かせて運べるでしょうし」

雨妹は前世のいわゆる「ママチャリ」としてしか考えていなかったので、目から鱗《うろこ》が落ちた思いだ。

「ふむ、早速上に申し入れを書いてみよう」

陳は思いついたら早速行動だとばかりに、宮城にお願いする文を書く準備を始める。

「えぇ～、運ばれる人って不幸じゃない？　それ」

実際運ばれてきた静は、文句がありそうだったが。

これだと救急車ならぬ、救急三輪車の導入があるかもしれない。


その後、宿舎に戻り、静は夕食も無事に食べることができた。

食事の際、「お腹《なか》の調子が悪いので、量を控えめに」と頼むことを覚えたらしい。

「遠慮していたら、また朝のアレを渡されるかもしれない」

この恐怖が人見知りな気質を凌駕《りょうが》したようだ。

頼まれた台所番から「大丈夫かい？」と心配されたが、静自身はちゃんと静が完食できそうな量を渡され、ホッとしていた。

部屋に戻ると、静はこれまでやったことのない労働をやって疲れたのだろう、すぐさま布団に包《くる》まり寝てしまった。

＊＊＊

初めての労働で疲れた静が寝てしまった、ちょうどその頃。

宮城の奥深くの、ごく一部の者しか立ち入ることができない区画にある一室には、密かに人が集まっていた。

今この場にいるのは李《リー》将軍、中書令の解威《ジエ・ウエイ》、そして部屋の最奥の床に座っている褐色の肌をした男。そう、静と別れて保護されたダジャである。

そして、ここへもう一人が、人を連れて来る予定なのだが……。

「入るぞ」

まさにその待ち人が到着したようで、そう声がして戸が開いた。

「ふむ、ちと待たせたか？」

そう言いながら首を捻《ひね》ったのは皇帝、志偉《シエイ》である。

「いいえ、そのようなことはございませぬ」

「時間通りでございます。それで、お話のお人とはどちらに？」

首を横に振る李将軍に続いて、解が問いを発する。

そう、志偉は人を連れてくる手筈《てはず》となっていたのだ。その人とは、ダジャの言葉を理解できる通訳者である。ダジャは一体どこの出身なのか、李将軍には全くわからず、解にも南方のどこかとしかあたりをつけられていない。ならばと通訳者を手配するにも、ダジャを密かに宮城に引き入れているため、誰でもよいということにはならない。

こうして困っているところへ、ダジャについて報告を受けた志偉が「言葉が分かりそうな相手で、秘密を守ってくれそうな者に心当たりがある」と言い出したのだ。

その通訳者と、ここで会う約束であった。

「約束の者だ、入れ」

志偉が背後に声をかけると、戸の外へ控えていたらしい人物が二人、部屋へ入ってきた。

その人物たちは簡素な格好をしており、一見して身分が分かり辛くなっている。だが前に立つ者が主で、背後に控えるように立つ者は従者のようだと、二人の立ち位置で判断できる。その二人ともが頭巾《ずきん》ですっぽりと頭部を隠しており、非常に怪しい風体であった。

李将軍と解が二人で顔を見合わせて戸惑っていたが、志偉は彼らの様子を気にする様子はない。

「もうよいぞ、頭巾をとっても」

志偉が二人にそう声をかける。

「はぁ、コソコソとするのは性に合わないことです」

すると、女の声が響いたかと思ったら、二人が頭巾を外す。

「……！」

二人、特に前にいる人物を見て、李将軍と解が目を見張る。

「黄才《ホアン・ツァイ》です、お邪魔はいたしませんので、よろしくどうぞ」

前に立つ女、黄才がニコリと微笑《ほほえ》む。一緒にいるもう一人は彼女の供らしく、ぴたりと背後に寄り添って、控えるように黙すままだ。

「よろしいのですか⁉」

「思い切ったことをなさいますなぁ」

解が驚き、李将軍が面白がるように告げるのに、志偉は眉《まゆ》を上げる。

「仕方あるまい。身近で言葉がわかりそうなのがこの者しかおらぬのでは、出向いてもらうしかあるまいて」

そう言って「フン」と鼻を鳴らす志偉に、黄才が「ははは！」と大声で笑う。

「突然わが宮に忍んでこられて『出るぞ』と言われて、何事かと思いましたよ」

「……なんと」

「ほぉう？」

あっけらかんとした態度の黄才に、解がさらに驚き、李将軍はニヤニヤ顔を隠そうともしない。

彼らが驚くのも無理はなく、実は黄才と名乗ったこの人物は、黄徳妃とも呼ばれている、百花宮にいる四夫人の一人であった。その高貴なお人は本来であれば後宮から出ることなく過ごすものだというのに、今供らしい女を背後に一人連れただけでこの場にいるなど、驚く他ないであろう。

この黄徳妃・黄才とは、実は他の百花宮の妃嬪《ひひん》たちとはかなり毛色が違う人物である。

多くの妃嬪が、国の中枢の仕事について全く無知となるように、幼い頃から徹底的に学問などから遠ざけられて育てられ、着飾ることと享楽にふけることを旨として育てられる。国の金を使って贅沢《ぜいたく》をすることが、すなわち実家の得になることが多いからだ。

一方でこの黄才とは、そのように育った女ではない。

というよりも、そもそも後宮入りするつもりもなかったらしく、都に来る以前は船に乗って海を渡っていたのである。

それが、黄大公が皇帝と争うのを止《や》めることを決め、融和を図るようになったことで転機が訪れた。そうなると、他の諸侯たちから舐《な》められないためにも、「御家《おいえ》に皇族を迎えるべきだ」という意見が多くなってくる。つまり、黄家も女を送り込んで皇子か公主を産んでもらおうというのだ。

その時に名を挙げられたのが、黄才というわけであった。黄家の誇りにかけて、安易に皇帝に迎合するような女では困る。そのあたりの調整能力に長《た》けた者がよいということで、選ばれたのである。黄大公に頭を下げて懇願され、渋々後宮の妃《きさき》としての役目を引き受けたというのだから、他の妃嬪たちとは全てが真逆の人物といえよう。

だからその黄才が何故《なぜ》この場に呼ばれたのかというのは、李将軍にも解にも容易に想像がつく。黄才は黄徳妃となる以前は、己の船に乗って他国と行き来する船乗りであったのだ。ゆえに、他国の言葉にはある程度精通しているはずであろう。

だが、それならば連れてきている部下も、他国の言葉に通じているはずで、そちらを借り受ければよい話に思うのだが。

そのような李将軍と解の疑問を察したのだろう、志偉が事情を話す。

「本来ならば、言葉のわかる部下を借り受けようとしたのだがな、『己が行く』と申したのだ」

仕方ないという表情で言ってくる志偉だが、それで連れてくる方もどうかしていると、解は思ってしまった。

一方で部屋の奥にいるダジャは、新たに現れた二人連れ、特に黄才を見て、怪訝《けげん》そうな表情をしている。

「お話を聞いた時、わたくしには少々心当たりがありましたもので、こうして強引に来たのでございます」

黄才はそう言うと、ダジャへとちらりと目をやる。

「まったく、どこでこの男を拾ってこられたのか、不可思議でございますこと。おちおちと落とされも、拾われもされるような人物ではございませんのに」

確信を持って告げる黄才に、李将軍と解が顔を見合わせる。

「存じておる者でございますので？」

李将軍が問うのに、黄才が頷《うなず》いた。

「ええ、この者はかつてとかなり風貌《ふうぼう》が変わっておりますが、おそらくは把《ハ》国の王子、ダジャルファード殿でございますよ」

なんとも、衝撃の情報がもたらされたものだ。

「……嘘《うそ》は申しておらぬな？」

確認してくる志偉に、黄才が眉を上げる。

「御前で嘘を話すほど、命知らずではないつもりでございますよ」

そう言って頷いた黄才の言葉に、解が「把国ですか」と呟《つぶや》く。

「把国は隣国と領地争いが長年続いておりますが、その隣国と友好関係にあるのが、東国です」

解が思い出した情報を述べた。

「なるほど、ではその王子殿下になんらかの事件が起きて苑《エン》州に現れるようなことになっても、おかしくはないということか」

李将軍が「う〜ん」と唸《うな》りつつ、なんとか納得するような顔になる。

「私もかつてはあのあたりの海上でたまに、東国の船に絡まれたものです」

黄才がかつてを思い返して語った。

そこで、志偉が問うた。

「我はあまり把国の事情に明るくはない。ダジャルファードとやらいう男は、そなたから見てどのような男であったのだ？」

これに、「そうですねぇ」と黄才が考えるようにして答える。

「かの王子殿下は武闘派で宮城に居つかず、兵を駆って戦うことが好きな男でございましてね。わたくしの船が把国近海で海賊に襲われた時に、この者が指揮する討伐隊としばしば遭遇した次第でございます。武を好む質《たち》ながらも頭は良い男であったので、聞きかじるのみで異国の言葉を学ぶことも、そう困難ではありますまい」

なるほど、それほどの武人であったならば、李将軍がこのダジャから「支配者側の圧」を感じても、不思議ではないというわけだ。

そこまで情報が出揃《でそろ》ったところで、黄才が志偉を窺《うかが》うようにして問う。

「あの者と、話をしてもよろしいですか？」

これに志偉が了承を返すと、黄才は早速、供をすぐ隣に並ばせて奥へと歩み寄る。

あの供は、黄才の護衛でもあるのだろう、身のこなしが女官のものではない。

そんな二人を見たダジャが、警戒するように身構えた。

『久しぶりに会ったものだ』

そして黄才が話しかけると、ダジャが目を見開き、前のめりの体勢になる。

『やはり、お前は女虎か！　ずいぶんと風変わりな格好になったものだな！』

ダジャの驚愕《きょうがく》の叫びを聞いて、黄才が「ふん」と鼻を鳴らす。

『ふん、そちらこそ。ずいぶんと男前が増したじゃあないか』

このように声を交わす二人の言葉を、黄徳妃の供が通訳してくる。

しかしながら、「女虎」という呼称まで誤魔化さずに正確に告げてくるものだから、この女官らしき供の者はなかなか豪胆だ、と解あたりが思っていたりする。普通主《あるじ》の不評に繫《つな》がるようなものは、隠すだろうに。いや、それを不評の元だと考えないのかもしれない。

「やはり、この者は確かにダジャルファード殿下でございますよ」

黄才が志偉に向かってそう告げた。

「なんとも、正体が分かったはいいが、最も起きてはならぬことではないか」

志偉がそう零《こぼ》し、髭《ひげ》が心もとない程度にしか生えていない顎《あご》を撫《な》でる。

ダジャは今この場を支配しているのが志偉だと、なんとなく雰囲気で察している様子で、志偉の方をちらちらと窺っているようであった。しかし志偉はその視線に気づかぬフリをしている。このダジャと同行の娘は、志偉に会いに来たという話であったが、詳細がわからないうちに身分を明かすことはしないのだろう。

そんな中、李将軍が首を捻って疑念を口にした。

「同行していた娘は、この者のことを『奴婢《ぬひ》』だと申しましたぞ？　しかも、確かにその者の背中に焼き印があるのを確認しております」

静《ジン》が楊《ヤン》によって身体検査を施されたように、このダジャにも身体検査がなされている。妙なものを仕込んでいないことが確認されるのと同時に、背中に歪《いびつ》に爛《ただ》れた焼き印の痕《あと》が見受けられた。その印を描きとったものを解に見せたところ、南方で奴隷の証《あかし》とされているものだろう、とのことだった。

この崔《サイ》国に奴婢という奴隷身分があるように、他国にも同様に奴隷制度はある。しかしその身分に国の王子が落とされるとは、一体どういう訳なのか？

そんな一同の疑問を晴らすべく、黄才はダジャに尋ねる。

『どうしたわけで、焼き印を押されてしまったんだい？』

この問いに、ダジャが自嘲《じちょう》するように口元を歪《ゆが》めた。

『はっ、私が間抜けなことに、罠《わな》にかけられて陥れられただけのことよ』

そう話すダジャの口から語られたのは、とても他人事《ひとごと》とは思えない他国の事情であった。

『お主も知っておろう、把国は長く隣国と領地争いをしていた』

ダジャがそう語り出す。

隣国は東国の友好国というよりも、実質的には属国であるという。隣国の国王は仮の統治者でしかなく、国を動かしているのは東国であるというのだ。

ある時その隣国を通って、東国が把国へ侵略戦争をしかけてきた。もちろん把国としては、そんなものを許せるわけがない。第一王子であるダジャは当然、軍を率いて迎え撃つつもりであった。

しかし、計算違いの出来事が起きてしまう。ダジャが信頼を置いていた側近が、裏切りを起こして東国を引き入れてしまったのだ。

この裏切りのせいで、ダジャは予想外の夜襲を受けてしまい、大怪我《おおけが》を負わされた末に敵の手に落ちてしまったという。軍の要《かなめ》であるダジャが落とされ、さらには他の部隊でも想定外の苦戦が続き、把国はついに東国の手に落ちた。このことを、ダジャは後から聞かされたそうである。

『把国陥落の原因は、把国の王宮内に裏切り者がいたからだ』

裏切ったのは、ダジャの側近だけではなかった。そもそも裏切り者の大元は、ダジャの腹違いの弟である、第二王子であったのだ。

第二王子は武でも学問でもダジャに劣ると見なされ、周囲から侮られていたのだという。しかし当人は努力というものが嫌いな性格らしく、「努力して第一王子を追い越す」という方向へ成長しなかったらしい。

こうして劣等感ばかりが膨らんでいた第二王子に、東国が目をつけたのだ。

第二王子は東国から国王の座と大金の援助を約束され、あっさりと裏切りを決意する。

ダジャが東国軍の討伐に出ている間に、第二王子は父王を殺してしまう。さらにはダジャの側近に金を掴《つか》ませて、同じように裏切りに走らせた。その側近は腕が立つし戦場では頼りになる男なのだが、少々金にだらしのない男だったのだという。だが第一王子の側近なだけあり、他よりもかなりよい給金を貰《もら》っていたはずなのだ。

『一体なにをちらつかされたのか、金でなければ女だろうな。しかし、東国というものは本当に人の信頼を踏みにじるのが得意なことだ』

ダジャがそう吐き捨てるように漏らす。

その後大怪我を負ったダジャは、犯罪奴隷の証をその身に刻まれ、他国の奴隷商人に売り飛ばされてしまったのだという。

奴隷商人から売られた先で、ダジャは己は犯罪奴隷などではないと、何度も身の潔白を訴えようとしたものの、犯罪奴隷の証を刻まれた者が「私は王子だ」と言っても、一体誰が信じようか？それにダジャは怪我も治っていない内に過酷な場所での労働に駆り出されてしまったことで、かつての武に優れた王子としての面影はなくなってしまっていた。

「王子だ」と主張するダジャはおかしくなった男だと思われてしまい、扱いにくい奴隷だとされて、さらに劣悪な場所へと転売されていく。

その末に、苑州にまで流れて来たのだそうだ。

『あの地で私は、どうやら見世物にするつもりで買われたらしい』

当時のことを、そのように語る。

崔国ではそれこそ、かつての黄才《ホアン・ツァイ》のように船で他国と行き来するような者でない限り、把国人など見たことがないだろう。把国は崔国との国交が盛んでもないので、こちらに国使がやってきたことは、少なくとも志偉の代ではない。

そのように把国人を見たことがないような土地柄だったことで、珍しい風体のダジャを見世物として、興行に使えると思われたらしい。

ダジャとしては、珍獣扱いされたというのは怒りを覚えるところだ。けれど見世物にするためには、外見が整っていなければならない、という問題になった。というのも、苑州へ来た頃のダジャは、過酷な労働とろくに食事を与えられなかったことから、かなりやせ細っていた。見世物としての外見がよろしくない、というわけだ。

当時の自分について、ダジャが語る。

『それでも、いつかこの仕打ちについてやり返そうと気力を失わずにいたため、命を繋げていたのだろうな』

そんなわけでその頃は、目だけを爛々《らんらん》とさせている、やせ細った不気味な異国人という扱いだったらしい。様々な者を介され売られてきたので、当然ダジャの素性を欠片《かけら》でも知っている者など、誰もいなかった。

だが立派な見世物にするために環境が改善されると、ダジャは元々の逞《たくま》しい肉体を徐々に取り戻していく。そんなダジャを見た商人は「これは見世物ではなく、偉い人に高値で売れるのでは？」

と考えを変えつつあった。鑑賞用でもよし、閨《ねや》を共にさせるもよしと、商人は言っていたそうだ。

そんなダジャに、とある人物が目をつけた。

それはダジャを売る商人が売り込むために国境砦《とりで》を訪ねた時に、出会った少年である。その少年が「その奴隷が欲しい」と言って、ダジャを買ったのだ。

『その子どもは崔国人だったが、その当人も東国の奴隷なので、奴隷仲間だと商人が言った。奴隷が奴隷を買うのかと笑っていたな』

このダジャの話に、黄才は眉《まゆ》をひそめて呟く。

『苑州の国境砦に、東国の奴隷だって？』

黄家が守る佳《カイ》の街とて、海の外から訪れる他国と接する地だ。なので当然不届きなことをしようとする他国の輩《やから》を見張る砦は、当然ある。そんな砦の中に崔国人の奴隷がいるというのは、まあ下働きなどがいてもおかしくはない。だがこれが東国の奴隷だと称したとなると、黄才にとって違和感しかない。

それは他の面々にしても同様だったらしく、通訳を聞きながら様子を見守っている彼らの顔には、戸惑いが広がっていた。

「かなり以前から、東国に入り込まれていたようですな」

「国境守として、何家では力が足りなかったということか」

李《リー》将軍と志偉がそんな風に言葉を交わしていたが、その表情もダジャの次の言葉で一転して驚愕《きょうがく》に変わる。

『その子ども――何博《ホー・ボウ》は砦から出ることが叶《かな》わず、東国人の慰み者にされていた』

「何だと⁉　何家、大公家の子どもが東国の奴婢だと言ったのか⁉」

黄才は驚きのあまり、崔国の言葉で叫んでしまう。これに、一同がギョッとした顔になってざわめく。

そんな彼らを見渡して、ダジャは落ち着いた声で話を続ける。

『私は最初、あの砦のある地を東国だと思っていた。博に教えられるまで、東国と敵対している隣国の地だとはわからなかった』

そう語るダジャ曰《いわ》く、今の苑州では何家とは東国への人質であるという。周囲の者が何家の者を差し出し、東国から金を受け取っているらしいのだ。

『なんでも、東国人に何家の者は人気があるのだという。東国を介して他民族の血が混じっているが故だろう、私から見ても、何家の者はなんともいえぬ美しさがある』

その美しさが、他国で鑑賞用として高値が付くのだと、ダジャを連れている商人が言っていたそうだ。

「なんという愚かなことを……」

苑《エン》州で行われていたことを聞かされた黄才は、把《ハ》国語を話すことも忘れてそう漏らし、驚きと呆《あき》れと憤りで心中荒れ狂うというような顔をしていた。

同じ他国からの干渉を受ける地の大公であるというのに、黄家と何家のこの違いは一体なんだろうか？　利を得るために大公家の者を奴隷として差し出すなど、黄家では起こり得ないことだろう。

「外見だけが取り柄じゃあるまいに、何家は大公家としての威光を持ってはいなかったのか？」

呆然《ぼうぜん》とした顔でそう告げた黄才に、答えたのは解《ジエ》だ。

「はるか昔から苑州の地は、東国側と崔国側とで所有がころころと変わっていますので、婚姻によって東国と民族がかなり混ざり合っているのは、間違いありません。かつて苑州が青州《セイ》と分かれた件も、『血の近い東国とも仲良くしよう』という派閥と、『家族を殺した相手と仲良くなんてできない』という派閥とで、意見が衝突したことが発端だったはずですし」

解が黄才にそう話す。

前者が何大公側の者であり、後者は東国の血が比較的入っていない者たちの集まりで、それが後に反乱を起こして青州を興した。そして苑州側には「長いものには巻かれておけ」という、事なかれ主義の者が残ったというわけだ。

この解の説明に、志偉が「ふぅむ」と顎《あご》を撫《な》でる。

「確かに、さような事情であったよな。血がどうのとくだらんことで争うとはと呆れたのは覚えておるわ。それに我が知る何家の者は、なんとも頼りない印象であった気がする」

そのようなことを言う志偉こそが「皇帝」という「血がどうの」という理由で争っている渦中の人なのだが、自分のことは棚上げである。

次いで李将軍も思い出すようにして口を開く。

「確かに以前にお会いした何大公は、気概がありそうなお人ではなかったと記憶しておりますな。周囲が大公としてそれなりに見栄えがして、担ぎやすい一族を選んだのでしょうか？」

そう言って首を捻《ひね》る李将軍だが、それでも志偉が即位してしばらくはそのあたりの折衝をそこそこ上手くやっていたはずである。だがそれは、東国が志偉を恐れて手出しを控えていたというだけで、何大公の手腕ということではなかったのだろう。

「やはり、東国の首長が変わったからか」

「東国は陛下にこっぴどく叩《たた》かれてからは、静かなものだったんですがなぁ。そろそろその痛みを忘れてしまったのでしょう」

そんな風に語り合う崔《サイ》国人たちに、ダジャが『それで』と話を続けてきた。

『博も、それまでなんとか境遇を変えようとは努力したようだ』

博は、ただ奴隷として虐げられることに身を任せてはいなかった。苑州がすでに東国の手に落ちていることをなんとか外部に知らせようと、様々な手を打ったらしい。だがそれがことごとく実を結ばずにいるのだと、ダジャに語ったという。

そんな博から「奴隷仲間だから、自分に故郷の話をしてくれ」と乞《こ》われ、ダジャはその望みをかなえるべく、様々な話をした。ダジャが崔の言葉をそれなりに聞き取れるようになったのも、この博の協力のおかげだそうだ。

「なるほど、では朱仁《ヂウ・レン》が見たという、守り袋を拾ってくれて、尚且《なおか》つ砦から離れるように忠告してきた子どもというのは、その博で間違いなさそうだな」

「そうですね、朱が記憶を失わずにもっと早く許子《シユ・ジ》の元へ帰っていれば、苑州の事情もより早くに露呈したのでしょうが。こればかりは、運命の悪戯《いたずら》としか言えないものです」

李将軍と解が、そうひそひそと言い合っている。

だがそんなダジャと博の生活も、長くは続かなかったという。

『博が砦を去る東国人に気に入られて、大金と引き換えに連れられて行くことになったのだ』

東国から砦を訪ねていた客人が、ぜひに博を貰い受けたいと強請《ねだ》った。その客人は東国でも地位の高い者だったようで、苑州側はもちろん、砦にいた東国人たちも否と言えなかったという。

博が砦にいなくなるとなれば、何家は新たな砦への人質を据えねばならない。

『その犠牲になることを危惧《きぐ》して、博は私だけでも逃げて、その際にまだ幼い従妹弟《いとこ》たちを一緒に連れて行ってくれと頼んできた。その従妹弟というのが、静《ジン》と宇《ユウ》の双子の姉弟だ』

ここにきて、ようやく話に何静の名前が出て来た。

その博の願いをすぐにもかなえようと動くつもりのダジャだったが、博が去ってすぐにまた別の問題が起きてしまう。

名ばかりの大公として据えられていた老人が、死んでしまったのだ。

こうなれば通常であれば、大公家の中から丁度良い人材を大公に据えればよい話だ。宮城から怪しまれないためにも、速やかに新たに大公を立てることは急務である。

しかし、すぐには大公選びができない事情が発覚した。

なんと、新たな大公を立てようにも、何家の直系成人がほぼいないということに、周囲はその時になって気付いたというのだ。

『東国に売りすぎたのと、そんな境遇から逃げ出したのとで、適当な血筋の者が苑州からいなくなっていたのだそうだ。なんとも愚かなことだが、それでとうとう子どもを大公に据えるという下種《げす》なことをしようと、周囲が言い出したらしい』

代えはいくらでもいるとばかり思っていたら、幾人かの目をつけていた者がことごとく連絡不能であったという。なんらかの手段を使って脱走したのだ、と知れるまで時間はかからなかったという。苑州から出るには関所を通らねばならないが、闇商人にでも大金を積んでなんとかしてもらったのだろう。

苑州ではそれだけ、大公という身分が魅力的ではないということに他ならない。

『そしてその傀儡《かいらい》大公に名が挙がったのが、双子の片割れの宇だ』

子どもを大公に据えるなど、傀儡にするのと同意である。それまでの大公とて名ばかりだと軽んじられていたとはいえ、それよりも事態は悪化してしまう。

一方で、傀儡であったとはいえそれなりに仕事をしようとしていた前大公が死んだことで、大公家を利用していたものは増長する。もっと好き勝手をして大金を稼ごうとしたのだ。

『それが、人を堕落させる薬を売ることだ』

その薬は苑州の上層部で流行《はや》り、あっという間に蔓延《まんえん》したそうで、ダジャから見ても、それは酷《ひど》い有様であったそうだ。

『あの薬は、実は我が故郷にも隣国より入り込み、広く民を汚染させたものだ。あれは悪いもので、人の繋《つな》がりや心の在り様を破壊してしまう。あれのせいで、城も城下もあっという間に殺伐とした街になってしまった』

このダジャの話に、志偉と李将軍、解は顔を見合わせる。それは間違いなく、春節前に百花宮を騒がせたあのケシ汁のことだろう。

どうやら東国は、あのケシ汁を使って他国を弱体化させてから攻め込むというやり方で、勢力拡大を目論《もくろ》んでいるらしい。ここ崔では、アレが取り扱いに気をつけなければならない危ないものだと、いち早く気付いた者がいたおかげで、あれ以上の被害をかろうじて防ぐことができた。

つまり、あのちょっと食いしん坊な掃除係がいなかったら、ここ梗《キョウ》の都もダジャの故郷と同じようになっていたかもしれないのだ。

「危ないところでしたな……」

「うむ、なにか褒美を考えるべきであろうか」

解と李将軍がひそひそと言い合うのをよそに、ダジャが言葉を続ける。

『ここの城下の様子を見ると、苑州と違って、ここはまだ薬が広まっていないのだな。私はてっきり、同じようになっているかと予想していたというのに。羨《うらや》ましいことだ、我が故郷はもう、荒れ果てた城しか今は思い出せぬ』

『そんなに変わってしまったのかい、美しい国だったのに』

肩を落とすダジャに、黄才が眉をひそめて呟《つぶや》く。才は春節前の騒動について軽くは知っているのであろうが、騒動の元であるケシ汁については、あまり詳しくはわかっていないらしい。

その黄才に、解が告げる。

「その薬については、わが国はすんでのところで食い止めることができましたが、一度その身を侵されてしまうと、もう侵される前の身体《からだ》には戻れないのだと、そう聞かされました。それが国の大半が侵されているとなれば、国が立ち直るのは並大抵の努力では無理というものでしょう」

「なんて恐ろしい、ああ、ウチの港は大丈夫なんだろうか？」

黄家の治める徐《ジョ》州は唯一海を通じて他国と交流できる土地であるので、黄才が心配するのも無理はない。

苑州は大公選びが難航している上に、上層部は薬に汚染されている。

そのような状況の中、ダジャの奴隷としての所有権が、博から双子たちへ譲渡された。珍しい把国人の奴隷なので、博を連れ出す東国人が一緒に欲しがったが、博が懸命にこの地に残したいと願ったのだ。

ダジャは早速、その双子へと会いに行ったが、双子は苑州でもかなり奥地にある里で暮らしていた。双子の両親は既におらず、里の長老に育てられたのだという。大公家の直系であるというのに、かなり貧しい暮らしをしていた。

『静も宇も、里の中だけが世界の全てで、苑州でなにが起きているのか、全く知らなかった』

というのも、博がこの双子を可愛《かわい》がっていて、この隠れ里のような場所に隠したからだ。

双子の両親は苑州の現状を憂えて改革を訴え、それが邪魔に思われて殺されてしまったそうである。しかしその隠していた存在が大公へと推されたのだから、博の身近な人物が情報を漏らしたのだろう。

突然表舞台に放り出される形となった宇が利用されないためにも、世間のことを今知らなければならない。ダジャが奴隷であることや、双子へ所有権が移されたこと、事がここに至るまでの説明をすると、長老は卒倒しそうな顔色になり、双子は興味津々な顔でダジャを眺めてきた。

『すぐにでも双子を逃がしたかったが、それに一歩先んじて、州都から里へ使者がやってきた』

使者は州兵でもなんでもない、どこぞの里の自警団の若者であった。使者といっても書面を預かっているだけで、中身がなんなのかも知らない、単なる伝言役である。

その者がもってきた書面には『何宇を大公に任ずるので、速やかに州城へ出頭するべし』と書いてあった。この信じられない内容に、里の者はみんな仰天したという。

双子の育ての親である長老は、双子を権力者から守るには弱い立場である。それでも「このような子どもに、大公などという重荷を背負わせるなどあんまりだ」と言って、州都へ連れてくるようにという要請を突き返した。宇に背負わせるにしても、成人するまでの数年は別の大人が背負うべき責務だ。この真っ当な意見に、伝言役の自警団の若者も頷《うなず》かざるを得なかったようで、あっさり引き下がったという。

というよりも、このような大切な伝令を地元民任せで州兵を正式な使者として派遣しないあたり、苑州中央の混乱ぶりというか、宇を「所詮《しょせん》田舎者だ」と下に見る姿勢がうかがえるというものだろう。

拒否された苑州上層部は、当然強引に宇を連れて行こうとして、やがて使者なのか暴漢なのかわからないような男たちがやって来た。彼らは全てダジャが撃退したのだけれど、これで諦《あきら》めるはずもない。

こうなっては、いよいよ速やかに苑州を脱出した方がいいということになった。双子も積極的ではないものの、面倒ごとに巻き込まれないためだと説得した。当初、双子を脱走者として肩身の狭い思いをさせることに反対していた長老も、やがて脱走計画を了承する。今の大公の位がどのような地位なのか、長老もちゃんとわかっていたのだ。

しかし、この計画がどこからか漏れていたらしい。

『ある日、静が攫《さら》われてしまったのだ』

攫われたと知ったのは、ある日懲りずにやってきた使者が「静の身柄を預かっている」と言ってきたからだ。それまで、そのあたりで遊んでいるものだと、長老もダジャも思っていたという。

『ある里の者が、金に釣られて連れ去りに協力したのだ。長老も私も信頼していた男だったというのに』

使者は「静は丁重に扱われており、宇が州城へ行けばそこで待っている」と告げた。宇に大公となることを了承させるために、静を人質にされてしまったのだ。

だが、人攫いの言葉をどれだけ信じられるというのか？　すぐに静の奪還に動いたダジャだったが、静を見つけたのは静を商品として商人に売り払う寸前であり、奴隷の印を刻まれようとしている、髪の短い静の姿があった。

『この国では、男も女も髪を長く伸ばすのが習慣なのだろう？　それが可哀想《かわいそう》に、雑に短く刈られてしまっていて。あまり泣いたりしないあの娘が、あの時にはたいそう泣いていた』

その時のことを思い出したのか、ダジャが沈痛な面持ちになる。

この話に、志偉たちも表情を歪《ゆが》める。髪を切られるだなんて、かなり酷い仕打ちである。

「なるほど、それで……」

李《リー》将軍は楊《ヤン》から「静の髪が妙に短い」という報告があったのを思い出す。

ともあれ、無事に静を奪い返したダジャであるが、双子がこの苑《エン》州にいては同じことが何度も繰り返されることだろう。

『なのですぐにでも苑州を出ようと、双子を促した。だが、双子はそれを拒否した』

特に、激しく反対をしたのが静だ。

「私はなんにも悪い事をしていないのに、どうしてどうしてこんなことをされて、逃げなければならない！」

静がそう憤慨した。この屈辱は、やり返さないと気がおさまらないと。

さらに宇の方も、落ち着いた口調ながら言ってきた。

「今、私しか大公になれる者が残されていないの？　なら、自分が逃げたら、逃げられない苑州の人たちはどうなるの？」

双子の子どもながらもまっとうな意見に、ダジャは「そんなことは他の者に考えさせればいい」とは言えなかった。それは、ダジャ本人が故郷の民に対して、ずっと抱いていた気持ちだったからだ。

己がいなくなった後、軍は一体どうなったのか？　あの第二王子にいいようにされてはいないか？　民は虐げられてはいないか？　ダジャにはそんな気持ちが、心の片隅にずっとあった。

さらに双子は言い募る。

「東国へ連れていかれてしまった博兄《ボウ》は、助けを求めてばかりで、なにも変えられなかったということではないか」

助けとは、ただ叫んで求めるのではなく、連れてくるもの。二人はそう言ってのけたのだ。

けれど、助けを連れてくると言っても、一体誰を連れてくるというのか？　あてはあるのか？

尋ねるダジャに、双子は胸を張って告げる。

「我が国には、英雄皇帝がいらっしゃる」

それは、双子が長老によく寝る前に聞かされた、現皇帝の英雄譚《えいゆうたん》だそうだ。その英雄皇帝ならばきっと、この苑州をどうにかしてくれるはず。結果として、苑州を荒れさせてしまった原因を持つ何家がなくなったとしても、苑州から悪者を全部追い払ってくれるならば、それでいい。

そう話す双子の目は、強い光を宿していた。

『あの場所では、誰もがこれ以上の災難に見舞われぬようにと、身をひそめるようにして生きているというのに、あの双子だけは希望を見ていた』

故郷に裏切られ、流されて苑州へと行き着いたダジャには、その双子の目は非常に眩《まばゆ》いものだった。

そして双子が話し合い、宇は大公になることを受け入れ、時間を稼ぐと言った。その間に、静が助けを連れてくるのだ。けれど苑州を出るにしても、当然ながら街道沿いはもちろん、小さな山道にも監視がつけられている。その監視の目をかいくぐらなくてはならない。

けれど、唯一監視がいない、というよりも、監視しようのない道があった。それが山越えの道だ。

『険しい山なのは確かだが、私の故郷にはもっと険しい山があり、軍ではその山で定期的に訓練を行う。なのであの程度ならば、私が助ければ静でも山越えは可能だと私は判断した』

しかし、すぐに動いては感づかれてしまう。まずは油断を誘うために、相手の命令に従うフリをしなくてはならないと、ダジャは双子に知恵を吹き込んだ。

なので宇《ユウ》が州城に向かったのにダジャもついていき、その間静《ジン》は監視されながらの生活を受け入れた。

「もし静が不幸な目にあうようなことがあれば、自分はすぐにでも死ぬ」

宇がそう宣言したので、静を再びどうにかしようという輩《やから》は出なかった。その代わり、静は劣悪な環境に置かれ、食事を満足に出されなくなったが、それは裕福な人たち基準でのことだ。静は元々が田舎で貧乏暮らしをしていたので、これまでよりもちょっとお腹《なか》が空《す》くくらいの感覚であったそうだ。

双子が大人しく生活をしていて、周囲が油断をしたところで、ダジャが密《ひそ》かに静と合流して、山越えを決行する。無事山を越えてなんとか都入りをしたところで、雨妹と李将軍に出会ったのである。

「なんとまぁ」

ここまでのダジャの話を聞き終えて、志偉の口から半ば呆《あき》れ声が漏れる。

「気概のある子どもたちだというべきか、子どもにそうまでさせてしまう周囲の大人の軟弱さよと嘆くべきか」

今の話だと、双子が決意するまで同じ決意をする大人が現れなかった、ということでもある。今数えで十二歳だというので、その決断をしたのはもっと小さい頃であっただろう。

「なにやら、似たような境遇で担ぎ出された御仁を、知っているように思いますね」

そんな志偉を、李将軍がちらりと見てそう述べる。

これに志偉が「ふん」と鼻を鳴らす。志偉も確かに若い時分に皇帝位に担ぎ出されたが、さすがに子どもという年頃は脱していた。それでも「田舎者の若造」だと馬鹿にされ、かなりの苦労をしたものだ。

「余命短い者どもは、変革よりも無難な余生を望むもの。我もそれで苦労したわ」

志偉が嫌そうにそう述べると、ダジャに向き直った。

「とにかく、話はわかった。だが、助けを求めて伸ばされた手を全てとっていては身が持たぬ……と言いたいが、まだ子どもの身で山越えをしてきた心意気には、思うところがある」

志偉はそう言って、ダジャをジロリと見下ろす。

『……！』

志偉の視線を受けてダジャが自然と首《こうべ》を垂れ、緊張したように身震いをしているのがわかる。

志偉はこれまでただ話を聞いていた時には潜めていたようだが、その目に込められた本気の威圧感には、自然と首を垂れてしまうのだ。この視線にさらされて、平然と見返せる胆力のある者は、なかなかいないだろう。

『あなた、いや、あなた様はもしや……⁉』

目線だけ上げて、あえぐように言うダジャに、黄才《ホアン・ツアイ》が視線で肯定する。

そんなダジャに、志偉は告げる。

「隷属させられた屈辱を飲み込み、我が国の子らを守りし把国《ハ》の者よ。朕《ちん》はそなたを王子として受け入れよう。才よ、そう言うてやれ」

その頭上から降り注いだその言葉を黄才に通訳され、ダジャはガバリと顔を上げてから、再び深々と下げる。目の前の人物が誰なのかを理解したのだ。

「皇帝陛下、どうか、双子をお助けに……！」

ダジャが崔国《サイ》の言葉で懇願してくるのに、志偉は「さてなぁ」と言うと、やる気なさそうに息を吐く。

「朕はな、そう戦が好きなわけではなく、このまま隠居暮らしをしたいくらいだ。悪をすべからく滅するべし、などという聖人君子でもない」

このように話す志偉に、傍らで黄才はひそかに眉《まゆ》をひそめ、李将軍と解《ジエ》は表情を変えない。

今、苑州への進軍で、宮城内でも戦好きの連中が浮足立っている。そこへこの事態が大々的に知られることとなり、「やはり戦を止《や》めて融和なんぞと言ったのが間違いなのだ」などという論調が強くなってはたまらない。

得てしてそういう事を言う連中は、自身は戦場に一歩も踏み入れたことのない軟弱ものである。戦を金勘定だけで語るなど、言語道断というものだ。あの血と汗と泥、その他さまざまな汚物にまみれた、この世の底の世界であるかのような場所へ、誰が望んで行くというのか？

志偉や他の者たちの様子を見て、ダジャは前向きなことを言われていないのだと察したのか、息を呑《の》む。そんなダジャに黄才が通訳してやろうとするが、しかし志偉が手で制して、「だが」と言葉を続ける。

「かの娘にな、『未来ある子を見殺しにした人でなしよ』とは詰《なじ》られたくはないものよ」

志偉の言う「かの娘」という者に、李将軍と解は想像がついたのか、目元を和らげる。

「は？　え……」

一体どういう話になっているのか、戸惑うダジャを余所《よそ》に、志偉が思案する。

「羽虫みたいに鬱陶《うっとう》しい連中め、軍を動かし、再び正面から叩《たた》き潰《つぶ》してやろうかと思うたが。ちと、趣向を変えてやろうかの。さて、誰を使うとするか……」

そう言って口の端を上げる志偉は、楽しそうであり、怒りが深そうにも見えた。

＊＊＊

静の掃除係初日から明けた、翌朝。

この日は、雨妹の部屋替えをする予定だ。楊が早速、部屋を用意してくれたのである。

朝早くに食堂へ行き、静には昨日陳に貰《もら》った胃薬があるとはいえ、それでも食が細い彼女になんとか朝食を食べてもらったら、早速引っ越し作業開始だ。

「あぁ〜、名残惜しい……」

室内の荷物を片付けて箱に詰めながら、雨妹は思わずそう零《こぼ》す。

この元物置部屋は雨妹が作った部屋なので、愛着があった。出世したからとはいえ、ここを出るのはなかなかに寂しい気分になってしまう。

――けど、楊おばさんが後に誰かに使ってもらうって言っているし。

出世してからの個室に入る資格まではないが、それなりの働きを収めていて、尚且《なおか》つ大部屋生活に向かない人間というのはいるものらしい。ちょうど他の大部屋の住人から苦情が出ていた人物がいたらしく、その彼女に部屋を引き渡すこととなったと聞いた。

雨妹としては、その人が大部屋を出される原因の苦情というものが気になるところだ。雨妹の場合はほぼ梅の嫌がらせだったが、さすがに同じことを何人もに繰り返す程、梅も暇ではないだろう。案外、いびきが煩《うるさ》いとか、寝言がひどいとか、そういうことなのかもしれない。

こんな風にいちいち感傷に浸る雨妹の一方で、なんの未練もあるはずがない静は、指示された荷物をさっさと箱や籠《かご》に詰めていく。荷物をまとめるのが案外上手《うま》いのは、旅の中で手にした技術なのか、それとも元から持っていた能力なのかはわからない。

このような二人の共同作業でなんとか荷物を全部出した部屋は、改めて眺めるとやはり狭かった。

元々が部屋ではなく、建物の余剰空間を利用した物置なので、日当たりや風通しなどの条件も悪い。けれど、雨妹にとっては安心して暮らせる我が城であった。なので最後に丁寧に掃除してから、部屋の鍵《かぎ》を楊へ返す。

――次の主《あるじ》にも大事に使ってもらってね！

そうお祈りをしたら、引っ越す先の部屋へと移動だ。

荷物を積んだ車をひきつつ向かった先には、長屋になっている煉瓦《れんが》造りの家があり、そのうちの一部屋がこれからの雨妹の住居である。

早速どんな家なのかを見てみると、まず手前には台所であろう竈《かまど》のある土間がある。煮炊きの湿気を籠《こも》らせないようにだろう、表に面した所に壁がない開けた空間となっていて、その奥には戸で仕切られた、これまた土間の居室が一部屋ある。居室の床に筵《むしろ》が敷かれているが、これが使い古されて少々傷んでいるので、せっかくだから新しいのに取り替えたい。窓は丸枠で、閉めるのに板が取り付けられている。

見るからに、この国で一般的な一番安い造りの家屋であった。

「はぁ〜、普通の家って感じでいい！」

雨妹は感心の声を上げる。

特に、専用の竈があるとはすばらしい。火事の心配があるので、いつでも自由に火が使えるというわけではないのだが、それでも自分だけの竈が便利には違いない。

雨妹が今まで暮らしていたのは大部屋のある建物の一角で、こちらは頑丈さが売りだというように壁もしっかりと作られていて、床も土間ではなかった。それに比べるとこちらの建物は、造りが少々みすぼらしく見えるのかもしれないが、やはり自分一人の家というのはいいものだ。早く出世して大部屋暮らしを脱したいと思う宮女たちは、ここに入ろうとがむしゃらに頑張るのだから。

ちなみにもっと出世をすると、部屋数が増えて寝室と居間とを分けることができるため、ちょっとしたお茶会が開けるようになるという。もっともっと出世をして女官になると、皇帝陛下より屋敷を賜るのだ。

そんな百花宮の住宅事情はともかくとして。

それにしても引っ越し作業も、物置を改造することから始めた前回と違い、持ち物の移動だけという楽な作業だ。それでもたったの一年で案外荷物が増えるもので、静《ジン》に手伝ってもらってえっちらおっちらと荷物を運ぶ。部屋に牀《しょう》を二つ入れて、その間に衝立《ついたて》を立てたら、一間が二間に変身だ。少々手狭になるものの、個人の空間が持てる。やはり私生活を隠せるようにするのは大事だろう。

──うん、こんなものでしょう！

雨妹は家具の配置を色々といじり、ようやく満足する。

「こっち側を静静《ジンジン》が使ってね！」

雨妹が部屋を衝立で分けた片方を指す。

「わかった」

頷《うなず》いた静は頬を上げた。自分用の牀と空間は、狭いとはいえやはり嬉《うれ》しかったのだろう。

ところで、静はキョロキョロするばかりで、今のところこの家について不満を言っていない。

──そういえば静静は、あの元物置部屋を見ても、たいしてなにも言わなかったなぁ。

大公の姉なのだったら、あんな部屋はそれこそ犬小屋か兎《うさぎ》小屋みたいなものだろうに、順応性が高いのだろうか？

それとも、狭い部屋というものを案外見慣れているのかもしれない。

引っ越し作業を終えたのは、昼をとっくに過ぎている頃だった。

引っ越し作業を終えたら、雨妹は空腹を思い出す。

――食堂に行ったら、なにかおやつにありつけるかなぁ?

そんなことを考えつつ、設置したばかりの牀に腰かけて休憩していると。

「おぅい、邪魔するぞ」

台所の方から、男の声でそう声をかけられた。

――この声は⁉

雨妹はその聞き覚えのある声にハッとして、戸からそちらを覗《のぞ》きに行く。

「やっぱり、杜《ドウ》さん!」

台所の手前の辺りに立っているのは、あの怪しい宦官《かんがん》杜であった。その肩に、なにか長い包みを担いでいる。

「ほうほう、今度はここに住まうのか。なかなか素朴で落ち着く家ではないか」

杜が興味深そうにあちらこちらを観察しているが、この男こそ普段は皇帝として、静よりも豪奢《ごうしゃ》な建物を見慣れているはずなのに、この一番安い造りの家屋をどこか羨《うらや》ましそうに眺めているではないか。

――この人って、たぶん根本的に貧乏性なのかもね。

雨妹は杜のことをそんな風に思う。

人には、他者よりも豪華な家に住むことを快感とする性質の人間もいるが、一方で、どんなにたくさん稼いでも、金のかかった空間に長時間滞在するのが落ち着かない人間もいる。前世の友人でも、大金を得たらすぐに生活に反映させる人と、貧しい頃のままの暮らしを続けてお金は別のことで使う、という人とがいたものだ。

それで言うと、この杜と称している男は強制されているからこの宮城に住んでいるのであって、許されるならばとっとと田舎に引っ越しそうである。

そんな、目の前の男に対する考察はともかくとして。

「思ったよりもお早い訪れですね？」

雨妹は杜に尋ねる。

そう、雨妹としてはこの男はいつか顔を見せるだろうと予測してはいたが、その予測よりもずいぶんと早い登場であった。そんなにも早く、静の顔を見たかったのだろうか？

問われた杜は、ニコリと笑みを浮かべた。

「なに、引っ越し祝いをやろうと思ってな。ほれ、これがいるであろう？」

そしてそう告げた杜が、担いでいた包みを下ろして雨妹へ差し出してくる。

「なんですか？」

ずっしりと重い包みに、雨妹が首を傾《かし》げていると、杜がその中身を教えてくれた。

「敷物よ。土間であれば、これを敷けば温かくなるであろう」

「おお！」

雨妹はこの贈り物が嬉しかった。筵は新しくしたものの、敷物はまだ用意できていなかったのだ。なにしろ引っ越しだって急に決まったことなので、色々な物の手配ができているはずもない。

「静静、敷物を貰ったよ、早速敷こう！」

雨妹が声をかけると、奥の部屋から静が顔を見せて、杜の顔を見た。

本人は知る由もないが、これで静が都に来た「皇帝陛下に会う」という目的を達成したことになる。

それはともかくとして。

雨妹たちは敷物を敷くために、一旦《いったん》入れた牀と衝立を再び外に出す。やはり筵のみと敷物アリとでは、足元の快適さが違う。これで土間からの冷えが和らぐというものだ。牀と衝立を元に戻すと、くつろぎ感がマシマシになっている。

ちなみに、杜もこの一連の作業を手伝ってくれた。皇帝自ら引っ越し作業をするなんて、おそらくは少なくともここ数年やったことがないだろう。なんだか楽しそうですらあったくらいだ。

「はぁ〜、やっぱり敷物って要るねぇ」

雨妹は敷物の上に直接ゴロンと転がる。厚みがあって肌触りがいい敷物で、きっとこれを雨妹が今買うことは難しかったに違いない。

「うん、あったかい」

静も雨妹の真似《まね》をして敷物に寝転び、うっとりとした顔になっていた。

「ふむ、夜までに敷けてよかったのぅ」

雨妹たちのこの姿に、杜が目を細めている。

本当に、敷物を買うまでは夜の寒さを我慢するつもりではいたが、思わぬ幸運だ。しかも、杜が持ってきたのは敷物だけではない。

「ほれ、疲れたであろう、これを食べよ」

そう話す杜が視線を向けた先の台所には、いつの間にか油紙の包みが置いてあるではないか。恐らくは、影の誰かが頃合いを見計らって、そっと置いたのだろう。

包みの中身は、まだほんのりと温かい干し棗《なつめ》入りの糕《カオ》だ。ご丁寧にお茶を飲むための茶葉まである。

――引っ越し後のおやつまであるとか！

至れり尽くせりの差し入れに、雨妹は感謝しつつ、早速お茶を淹《い》れることにした。

というわけで竈に火を入れてお湯を沸かす雨妹だが、こうして自分専用の竈があるということは、鍋《なべ》なども置いておけるということだ。これまでは他人が捨てた、端がちょっと欠けた鍋を再利用させてもらっていたが、ここでひとつぃい鍋を自分で買うのも考えておこう。

――自分の家って、楽しいなぁ！

思えば、前世で看護師になりたての頃。勤めていた病院の寮に入っていたのだが、そこから出てアパートへ引っ越した時にも、同じように感じたことを思い出す。寮だと家賃は安上がりで、食事などの面でも楽ができたものだが、いくら金銭面や家事の面での苦労が増えても、誰にも干渉されない空間を手に入れたことで、やはり解放感が勝ったものだ。

皇帝に自らが淹れたお茶をご馳走《ちそう》するというのは、なかなかに緊張することなのだが、幸い雨妹はその事実に気付かず、いつもよりも多少丁寧にお茶を淹れて、部屋へ持っていく。

部屋は衝立を端によけて三人で座れる空間を作っていて、卓なんてないので、敷物の上に直接お茶の入った杯を置いた。糕もお湯を沸かす際の竈の火で温めていたので、よりホカホカである。

「さぁさ静静、ありがたく頂こう？」

「……ありがとうございます」

雨妹が促すと、静が杜に礼を述べる。

「うむ、しかと食べて精をつけろ」

これに杜が頷いたところで、雨妹が早速糕にかぶりつく。

「ん～♪」

糕の素朴な甘さと、干し棗の甘酸っぱさが相まって、とても美味《おい》しい。

「……こんな、不思議な食べ物があるのか」

静はというと、糕を一口食べて目を丸くしていた。その反応に、雨妹の方も目を丸くする。

――あれ、もしかして糕を食べたことがない？

雨妹とて、糕なんて都へ出てきて初めて食べた。しかし、仮にも大公の姉である静が、糕を食べたことがないだなんて、あるものだろうか？

雨妹が不思議に思っていると、その様子を見ていた杜がお茶を一口飲んでから、静に話しかけた。

「李《リー》将軍から聞いたぞ、お主は苑《エン》州から来たそうだな」

「……！」

いきなり核心の話をしてきた杜に、静が一瞬身を固くする。

「えぇっと……」

静が困ったように言葉を探し、雨妹をちらちらと見ているのは、以前に「大事な話をするには、どこで誰が聞いているかわからないから気をつけろ」と話したことを覚えているからなのかもしれない。問われて即答しなかったのはいいことだろう。

――静静って一度教えてやれば、ちゃんとできる子なんだなぁ。

何度も言わないと覚えない人もいるのに、なかなか感心なことである。

ともあれ、早めに静の不安を解消してやろうと、雨妹は杜のことを紹介する。

「静静、この人はね、皇帝陛下に通じているお人だから、ある程度の事情を知っているの」

「そうだぞ、我はかの男と仲が良いのだ」

杜が「うむうむ」と頷いているが、その言い方が可笑《おか》しくて、雨妹は思わず笑いそうになるのをぐっと堪《こら》えた。

「その我には、たくさん仲間がおってな。ここいらで聞き耳を立てているどこかの誰かは、その仲間が全て追い払っている。安心して話すがよいぞ」

「そうなんだ」

杜がそう話すと、静がホッとした顔になる。

静には、「皇帝と会うには長い時間待つことになる」と李将軍から告げてあった。けれど大人でも長い時間待つ間は苦痛なのに、子どもであればなおさら待つのは忍耐が必要で、辛《つら》いに違いない。なにより、都入りするまでにかなり時間を費やしているので、雨妹の前では大人しくしていたものの、恐らくは気が急《せ》いていたはず。

それが早くも皇帝へ通じる人物が目の前に現れ、一歩進める期待でホッとしたのだろう。

一方で、雨妹はやはり杜の訪れが思った以上に早かったことが気になった。

――静静の話を、早く聞く必要が出たとか？

雨妹はそう考察しつつも、杜と静のやり取りを見守る体勢となる。

その雨妹の目の前で、杜が尋ねた。

「お主は苑州の、どこで暮らしておったのだ？」

まずは住所からとは、まるで前世の刑事ドラマの取り調べみたいだな、なんて思ってしまった雨妹だが、静の答えを聞いて目を見張ることになる。

「山奥の里で、そこは隠れ里なんだって老師は言っていた」

――州城じゃあないの？

雨妹が驚きを隠せない一方で、杜は冷静だ。どうやら前もって知っていたらしい。けれど会話の順序を踏まえるためか、静に問いかける。

「何家大公《ホー》の姉なのだろう？　州城か州都で暮らしていてもおかしくないのに、何故《なぜ》そのような辺《へん》鄙《ぴ》な場所におった？」

これに、なんと言えばいいのかと迷うような口ぶりで、静《ジン》はゆっくりと話す。

「……罰なんだって。老師の話だと、東国と仲良くしても里の暮らしは良くならないって、父様と母様は偉い人に訴えて、殺されてしまったんだって。そして私たちはまだ赤ん坊の頃に捨てられたのを、老師が拾ってくれた」

ずいぶんな内容に、雨妹は眉《まゆ》をひそめる。

「なるほど、父母が上層部の機嫌を損ねたせいで、そなたら姉弟《きょうだい》は何家の直系にもかかわらず、辺鄙な里暮らしをしていたわけだな？」

杜の言葉に、静がこくりと頷く。

けれど、これで静の行動が腑《ふ》に落ちるのも確かだ。静と出会ってからのことで、「大公の姉なのに？」と不思議に思ったことがままあった。今、糕を初めて食べた様子なのもそうだ。なるほど、元々大公に近しい家柄ではなかったのか。

「私はてっきり、静静《ジンジン》は州城暮らしだったんだとばかり思っていましたよ」

気になってひそっと囁《ささや》く雨妹に、杜が囁き返すには。

「別口からの情報とも合致する、間違いあるまい」

別口の情報ということは、既にダジャから話を聞けたということだろうか？

——行動が早いなぁ！

感心して目を丸くする雨妹に、杜がちょっと得意そうにしてから、「ゴホン」と咳《せき》ばらいをして、質問を続ける。

「お主の弟が大公に選ばれることになったいきさつは、知っておるか？」

「他にいないからだろう？　そう言って宇《ユウ》を無理矢理連れて行こうとしたんだ」

問われた内容に、静は即答する。宇というのが、どうやら弟の名前らしい。

「ねえ、どうして他に大公になる大人がいなかったの？　だって大公だよ、なりたがる人がたくさんいそうなものなのに」

雨妹はどうしても気になったので、口を挟んで尋ねてしまう。

これに、静は不機嫌そうに返す。

「知らないよそんなの、どうせ東国の奴《やつ》らが妙なことを言ってきたんだろう？　老師が言ってた、苑州はもう東国なんだってさ」

そう言ってしかめっ面をする静に、雨妹はまたもや驚く。

——苑州が、もう東国の手に落ちているってこと⁉

雨妹の驚きを余所《よそ》に、静の話は続く。

「連中、私らが子どもだと思って舐《な》めているんだ、ろくに話をしやしないで、怖がらせれば言う事を聞くと思っているんだ。それに、いかにもこっちのことを思いやっているみたいな言い方でね」

遠慮なく不満をこぼす静に、しかし杜《ドウ》が問いかける。

「だが、両親を不幸な目に遭わされ、捨てられたお主たちとしては、大公に迎えられるのは見返してやる機会になったのではないか？」

けれど、静はこれに不機嫌さを増した。

「……それ、迎えだとかなんだとかで押しかけた連中が、みぃんな言っていたさ。捨てられた子どもなのに迎え入れてやるのだから、ありがたいだろうって。けど、そんなの大きなお世話！」

そう叫び、ドン！　と床の敷物を叩《たた》いた。

「誰がお偉い生活がしたいと強請《ねだ》った⁉　誰が金持ちの暮らしがしたいと言った⁉　私と宇はあのまま、老師とあの里で暮らしていけたら、それでよかったんだ！　父親母親の罪を不問にしてやる？　そんな顔を見たこともない人のことを言われたって、知らないよ！」

静の怒りは、ほとんどの大人たちの想像からは少々ずれているものだろう。しかし、雨妹には静の気持ちがわかる気がする。

――そうだよねぇ、親の無念を子どもが引き継ぐなんて、そうそうしないよねぇ。

「親子数代に亘《わた》っての恨み」なんていうものが、前世のドラマや小説でたまに語られたものだが、現実だとそんなに恨みというものは受け継がれるものか？　と疑問である。

静の両親は非業の死だったかもしれないが、それは彼女が赤ん坊の頃の話だというし、人伝《ひとづて》の事実にそこまで恨みを抱けなかったのだろう。恨みとは自分が経験していないと、どうしても身につかない。伝え聞いただけだと、やはり感情移入が難しくなる。人とは案外、そういうあたりは割り切って出来ているのだろう。

この点、雨妹がいい見本ともいえる。

他人からすれば雨妹の身の上は悲劇の公主で、さぞかし宮城に対して恨みつらみを募らせているだろうと思われるかもしれない。けれど雨妹自身は物心つく前から辺境で暮らしており、宮城での贅沢《ぜいたく》な暮らしを知らない。なので「もし公主であったなら」という暮らしと今を比べて、自身を憐《あわ》れむことがいまいちできないのだ。

代わりに思い浮かぶのは、いつだって前世で観た華流ドラマの物語だったけれど、それとてあくまで映像越しのことであって、経験ではない。なので浮かぶ思いは「あの世界がこの国のどこかでリアルに展開されているのに！」という、この目で見られない口惜しさだった。

まあ、そのことはおいておくとして。

「なるほど、お主の言い分はわかった」

静の激しい怒りに、しかし杜は動じることなく、話を続けた。

「苑州では、どのように暮らしておったのだ？　苑州の民は不自由しておるのか？」

杜に問われて、静は怒りの表情のまま答える。

「どこの里だって苦しいさ。けど、里の皆の暮らしが苦しくても、偉い奴らはなんにもしないんだ。『戦争のせいで金がないんだ』って言われるばっかり。東国人に里が荒らされても、『金がないのが悪いんだ』ってほったらかしさ」

静は口を尖《とが》らせて、そんな苦情を述べる。

彼女の言うところの「偉い奴ら」の頂点にある存在の男は、これに渋い顔をしてみせた。

「苑州に金がないはずがないだろう。国からかなりの『戦支援金』を受け取っているのだぞ？　それに戦で稼ごうという人手もかなり行っている。その連中を使えば、荒れた里の復興だって楽にできるだろうに」

「そうなんですか？」

雨妹は目を瞬かせるが、確かに許子《シュ・ジ》の恋人である朱仁《ヂウ・レン》も戦で稼ごうという一人であった、ということを思い出す。

杜が「フン」と鼻を鳴らす。

「隣の青《セイ》州から太子を選出したことで、苑州側から『自分たちと青州との扱いに差が出るのではないか』という懐疑の声が上がってな。当時、東国との小競り合いの被害が甚大で、復興もままならなかったこともあって、その不安もあったのだろう。故に両州の関係がこじれて妙な争いにならぬように、長期の支援を保証して、それが今でも続いておるわ。それをよくも……」

最後、声を低くする杜に、静が「なんだよそれ！」と大声を上げる。

「よくわかんないけど、苑州は陛下からすんごいお金を戦争のためだって言って、貰《もら》っていたってこと⁉　そのお金はどこにあるんだよ、なんで里は荒らされたままで、兵隊にとられた男たちは戻ってこない⁉」

静のますます募る怒りに、雨妹は「うわぁ」と引きつり気味の表情になる。

——つまり、国からの支援金を、苑州の偉い誰かがまるっと横流ししているってこと⁉

苑州側が、自分の方で困っているからと頼んだお金だろうに。しかも想像するに、金が流れている先は東国だ。支援金がまるごと東国への贈り物となっていたとあっては、皇帝の顔に派手に泥を塗ったようなものだ。しかも地理条件が悪いとはいえ、苑州と東国に欺かれていることに最近まで気付かなかったとなると、杜の怒りは相当なものであることだろう。

――親切心を踏みにじられると、可愛《かわい》さ余って憎さ百倍だもんねぇ。

静も、ポタポタと目から涙が零《こぼ》れ落ちる。

「やっぱりそうなんだ、州城の奴らは東国に金を貢いで、自分たちがいい思いをすることばっかりだ。その東国だって、苑州を金づるだとしか思っちゃいない。暮らしている里の人たちのことなんて、誰も考えちゃあいないんだ……！」

静のその涙が怒り故か、それとも嘆きなのかは、雨妹にはわからない。けれど出会ってからずっと、こんな風に泣かなかった静だ。こらえていたものが、ぷつんと切れてしまったのだろう。

「宇、宇はどうしているのか？　宇は真面目だから、きっとすごく悩んでいる、悲しんでいる！」

そして心配するのは弟のことだ。

――敵の中に一人だけ残してきたようなものだものね。

しかも、東国人の支配下にある場所のど真ん中にだ。役に立たなかったり害になったりするのであれば、あっさりと殺されそうな気がする。それとも宇とやらは、それも承知で自分が残ったのだろうか？

静になんと声をかければよいかと悩む雨妹の一方で、杜はどこまでも冷静だ。

「宇とやらが大公の位につくのは、お主ら二人の作戦だったのか？」

これに、小さく洟《はな》をすすって静が答えた。

「そうだよ。二人であいつらを見返してやって、皇帝陛下の助けを求めてみせるんだって。私が都に向かっているうちに、宇は少しでも悪いことにならないようにあの城で頑張るって、そう約束したんだ」

　そう語る静は、涙目に力を込める。

「あいつら、宇が大公になるって言ったら急に見張りなんかが甘くなっちゃって。子どもになにができるもんかっていうのが、あからさまなんだよ。あの連中は、私のことはなんにもできやしないと思っていたけど、どんなもんだい！　宇、私は都に、宮城にたどり着いたんだぞ！」

　そう雄たけびを上げる静は、若干興奮気味に目をギラギラとさせていた。

　――う～ん、情緒不安定だなぁ。

　雨妹は静のことが心配になった。

　静が昨日一日を平然と過ごしていたから、雨妹は彼女のことを「心の強い子どもなのだな」と思っていた。だが、やはりそんなことはなかった。緊張が解けないまま、本音を隠していただけなのだ。

　しかし、これまた杜が静の感情に引きずられることなく、落ち着いた調子で問う。

「最後にこれを問おう。苑《エン》州に生きる者にとって、東国は敵か？」

　これに、静は即答で頷《うなず》くかと思いきや。

「うぅ～ん……」

　あの興奮した表情を引っ込め、宙を見て唸《うな》っている。

　――あれ、悩むところなんだ？

　不思議に思う雨妹に、静が首を捻《ひね》りつつ話すには。

「今の東国は嫌いだけどさ、東国人みぃんなが酷《ひど》い連中ってわけでもない。里で暴れる東国人の兵士は嫌な連中だけどさ、兵士じゃあなかったら気の良い奴もいるさ」

静が言うには、国境の見張りとやらのためにデカい砦《とりで》があるけれど、そんなもので国境の全てを見張れるわけがない。抜け道を使ってお互いに行き来して、物を売ったり買ったりしているのだという。だから静が暮らしていた隠れ里にまで、たまに東国人の越境商人がやってくるのだそうだ。

「それに家族が東国人っていうのも多いし、東国人と上手《うま》いこと付き合っている里もある。だから、『東国だから敵』っていうのは、ちょっと違うっていうか、けど、うぅんと……」

なんと言えばいいのか迷っている風の静だが、雨妹には彼女の言いたい事がわかる気がした。

辺境でも、砂漠を越えてやってくる荒くれ者だっているが、善良な旅人だっている。荒くれ者がやってくるのは嫌だが、善良な旅人は目新しい情報だったり、品を提供してくれる大きな娯楽なのだ。きっとこれは、国境の住人にはありがちな状況なのだろう。

杜も、この意見に特になにか不満を言うことをしない。

「かの地は昔から東国との国境の狭間《はざま》で、所属がころころと変わっている地だ。東国人にさほど敵対心がないのも理解できる」

杜はさすが国を動かす立場にある人で、敵憎しだけでは考えないらしい。

自分の考えを杜や雨妹から詰《なじ》られなかったことに安心したのか、静はなんとか答えを述べようとする。

「そういうのじゃあなくてさ。私も宇もただ、戦が続いているのが嫌なんだ。本当はね、里の皆の暮らしが楽になるなら、上にいる奴が崔《サイ》の国だって東国だって、どっちでもいいと思う。腐りきった偉い連中だったら、どっちも御免だけどね！」

静《ジン》がそう言って「フン！」と鼻を鳴らすが、すぐにシュンと俯《うつむ》く。

「けどどっちにしても、私は貧乏で苦しんでいる姿しか見たことがない。今の州城の連中も駄目、東国人も駄目だったら、一体どうすれば皆は楽に暮らせるんだろう……？」

静は心底困ったような顔で、そう呟《つぶや》いた。

「左様な身の上でありつつも、里の民の暮らしを憂うか」

そんな静の姿を見て、杜が目を細めている。

「最後に問う。皇帝に、なにを望みここまでやって来た？」

これには、静ははっきりと答えを述べてみせた。

「金金金、金の話しかしない奴らを、州城から追い出してほしい。ただ一生懸命に毎日暮らしているだけの皆を、ちゃんと守ってほしいんだ」

この静の意見に、杜がゆっくりと頷く。

「敵は東国人でも州城の連中でもなく、金の亡者というわけか。なるほどな、その願い、我がしかと聞き入れた」

「……！」

強い目でそう告げる杜に、雨妹はハッとした顔をしてから、礼の姿勢をとる。杜は、宦官《かんがん》としての伝言を約束したのではない、皇帝として願いを聞き入れたと言ったのだ。

しかし、話すことに必死な静は、雨妹の様子など見えていない。

「本当⁉　ちゃんと皇帝陛下に伝えてね、頼むよ！　あ、あとダジャはどうしているっ⁉」

「元気にしておるぞ。今朝も、身体《からだ》が鈍《なま》るとか言って、棒を振り回しておったわ」

杜《ドゥ》に乞《こ》うて、ダジャの様子を聞き出している。

ともあれ、こうして杜と静の面談が終わった。


静は引っ越し作業でくたびれている上に、話をしたことで若干興奮していることだろうし、部屋で休ませておき、雨妹は杜を見送りに表まで出ていた。

というか、杜がなにやら話したいことがあるようで、目配せをしてきたのだ。

「雨妹よ、あの静の身辺にはくれぐれも気を付けておけ」

表に出たところで、杜は屋内の静を気にしてひそめた声でそう言ってきた。

「お主には忠告の意味で言っておこう。苑州の州城の連中と東国は、他州から兵士をかき集めては、その者たちを他国へ売っている疑いがある」

「……！　人身売買というやつですか⁉」

杜が唐突に告げた内容に、雨妹はぎょっと目を見開く。

「兵士には、平和のために身を捧《ささ》げる思いで参戦した方もいたでしょうに、なんということを……」

悲し気な表情になる雨妹に、杜も頷く。

「人を攫《さら》って売り物にするのに、なんの良心の呵責《かしやく》もない連中よ。中でもな、どうやら何家《ホー》の人間は高値で売れるらしい。だから当然、あの娘も売り物として扱われていたであろう」

そう話す杜によると、特に何家の血筋は特に見目の良い東国人との婚姻を繰り返しているため、その影響が上手いこと綺麗《きれい》に出ているので、不可思議な魅力があるとかで人気なのだという。

――まあ、偉い家柄になると、それなりに見目の良い人が嫁なり婿なりになるものだろうし。

そうやって美形の血筋が脈々と続いたことで、そんな妙な輩《やから》に狙われる羽目になったということなのか。それを考えると、皇族という、それこそ美形が寄って集《たか》ったであろう血筋を持つのに、これ以上なく平凡顔に生まれ付いた雨妹は、そういう意味では幸運なのかもしれない。少なくとも、幼少の頃から容姿の面での危険を覚えたことはない。

そして、あの静もいずれ売られるはずだったのだろうが、弟の目を誤魔化すためか、奴隷商人が来るのが遅れたせいなのか、なんなのか。ともあれ、売られずに残された静は、監視の目を盗んで脱走して都までやって来たということのようだ。

「供のダジャとやらの話によると、弟と別れた後のあの者は、かなり劣悪な環境に捨て置かれていたらしい。おおかた『どうせ売るのだから、贅沢《ぜいたく》をさせるのはもったいない』というのと、あとは反抗心を折るためであろうな」

この杜の意見に、雨妹は「いやいや」と首を横に振る。

「売るんだから余計に健康に気を配って、見目好《よ》くしておくんじゃあないんですか？　綺麗な商品の方が、買う方はいいじゃあないですか」

雨妹は思わずそう突っ込んでしまう。奴隷商売を語るなんてしたくないが、商売とはそういうものだ。

これに、杜が答えたところによると。

「命さえあればよいということだったのだろうよ。それで十分なくらいに、何家の者の商品価値が高いということ。だから彼奴《やつ》ら双子しか、ろくな一族が残っておらなんだ」

――雑！　商売の仕方が雑過ぎる！

雨妹は叫びたくなったのを、かろうじて喉元《のどもと》でこらえる。

そして、だから静はあんなに痩《や》せていて、髪が短いのも劣悪な環境の中でなにかされたのだろう。犯罪奴隷と誤魔化すために切られたとか、そういうことなのかもしれない。

「むうぅ、許せない！」

憤慨する雨妹であるが、しかし己になにができるわけでもない。なのでとりあえず、苑州と東国方面を呪っておこうと思いつき、「うんうん」と唸って呪いの念を送ってみた。

――そんなことをしている連中は、みんな毛根が死滅してしまえばいいんだ！

髪を大事にするこの国の人間にとって、最も恐ろしい呪いであろう。

あちらの方向に両手をかざし、怖い顔をして睨《にら》む雨妹の横で、杜も同じ方向を睨みつつ呟く。

「そういう扱いを受けることを承知で、あの娘も州城へとすり寄ったのであろうな。弟の方も、大公印を返すなどという判断を子どもがしたとは、なんと酷なことよ」

そういえば、李《リー》将軍もあの大公印とやらを見て驚いている様子であったか。

「あの、大公印を返すって、大変なことなんですか？」

雨妹が尋ねると、杜が深く頷く。

「そうだ、苑州は統治不能と認めて放棄するということだ。これが受理されれば、苑州は何大公家の支配下ではなくなるということ。速やかに州城を明け渡さねば、州城に籠《こも》る連中は反乱軍と見なされ討伐対象となる」

すなわち、既に大公印が皇帝の手に渡ってしまった現在、苑州は反逆者が占拠していると見なし、宮城側は堂々と進軍できる名目を手に入れたというわけだ。

「けど、その城には宇《ユウ》さんがいるのでしょう？　大丈夫なのでしょうか……」

心配顔の雨妹に、杜も懸念の表情をする。

「姉を待つまでもたぬと判断したのやもしれぬな。宇とやらが敏《さと》い子どもであったかもしれぬが、子どもにもわかるくらいに既に状況が悪かったか。この判断も、全く味方のいない状態で為《な》したことではないと思いたいが」

「宇さんに、守ってくれるお人がいるといいですね」

これればかりは雨妹としても願うしかできない。

――どうか、静静《ジンジン》が一番悲しむ結末になりませんように。

悪い話ばかり聞いて不安になっていた雨妹の頭に、杜がポンと手を置く。

「舐《な》めた真似《まね》をしてくれた代償は、必ず払わせるとも。既に手は打っておることだしな」

強い口調で断言する杜に、雨妹は不安でいっぱいだったのが、ちょっとホッとした気分になる。

――こういうところが、やっぱり皇帝なんだなぁ。

偉そうにしているだけではなくて、その言葉に不思議な力がある。きっとこういうのが、「英雄の素質」なんていわれるのかもしれない。そんなことを考えていると。

「雨妹よ、お主はかようなことは気にせず、あの娘を育てよ。アレはいずれ、何事かを成し遂げる人物になるやもしれぬ」

唐突に、意外なことを命じられたものだ。

「はい⁉　そんなことを言われても、私にそんな大層な教えなんて……」

雨妹に教えることができる事といえば、掃除の仕方と、美味《おい》しい物を美味しく食べる心得くらいであろうか？

戸惑い顔の雨妹に、杜が目元を緩めて語り掛ける。

「なに、大層な者に育つかどうかは、本人の行動よ。ただ、そう育つ前に些細《ささい》なしくじりで命を散らすような、もったいないことにならないように、生きる術《すべ》を授けてくれるとよい」

杜の言わんとすることを、雨妹は思案する。

「つまり、生活力ってやつですか？」

雨妹がそう告げると、杜は大きく頷く。

「そうだ、心根や理想は立派であったとしても、己の命を己で永らえさせることができなければ、何事も為し得ぬからな」

戦乱を生き抜いた皇帝の言葉には、重みがあった。きっと、そのような人たちを大勢見てきたのだろう。

「事実、あれらは山越えをしてきたのだろう？　運よく命があったからよかったものの、命を落とす可能性の方が高かったはず。大事を為そうと思うのならば、そのような博打《ばくち》のような選択をするべきではない。いくら時間がかかろうとも、確実に成功する道を探るべきだったのだ」

杜は静の行動を、バッサリとそう断じる。

確かに日本でも、「もしあの偉人が長生きしていたら」という番組をたまにテレビで見た気がする。歴史を見ても、長生きした人が結果良い思いをしていることが多い。

「それに、あのダジャとやらは守役としては少々危うい。あ奴の事情も聞いたが、己への絶対的自信と、陥れられたことによる他者への不信。それゆえに心身の均衡を欠いて、少々やけになっている節がある。大人なのだから、もっと安全に導く道もあったであろうに、最短の道を選びよったのだ」

渋い顔の杜には、ダジャの選択に不満があるようだ。

「あ奴の方は、我がその性根をたたき直してくれようぞ。あのまま何家の子らを再び任せるなど出来ぬわ」

杜がそう言って「ふん」と鼻を鳴らす。

「なるほど、なるほど」

雨妹としても、話がだいたい読めてきた。

日本で結構な大往生であった自信のある雨妹なので、長生きのコツであれば教えられる気がする。

「そういうことであるならば、お引き受けいたしましょう」

雨妹は杜にそう言うと、礼の姿勢を取った。

雨妹が戻ると、静は自分の牀《しょう》の上でスヤスヤと昼寝していた。

昨日と一昨日《おととい》は床の上で布団に包《くる》まって寝たのだし、それまでもダジャと一緒であったのだから、恐らくはきちんとした部屋での寝泊まりは、ずっと出来ていなかったことだろう。どのくらいぶりに牀の上に寝転がったのかを考えれば、昼寝しているのを起こすのは忍びない。

「静静、ここにいる間は寝て食べて遊んで、強い子に育つんだよ」

静の寝顔に、雨妹はそう囁《ささや》くのだった。

続く

あとがき

みなさま、「百花宮《ひやっかきゅう》のお掃除係」八巻を手に取っていただき、ありがとうございます！

「犬も歩けば棒に当たる」を良くも悪くも体現しているわんこ雨妹《ユイメイ》さんですが、今回もどうやら、厄介事を引き当てた模様です。後宮生活も二年目に突入して、果たしてどうなることやら……⁉

というような、物語の中身についてはじっくり読んでいただくとして。

ここからは恒例になりつつある、作者の近況です！


このあとがきを書いているのが正月明けてまもない頃なんですけど、「今年の目標を立てよう！」なんて思いまして。

それで考えたのが、「毎日神社にお参りする！」なのです。

これは別に「いろんな神社に行きたい！」っていうことではなくてですね。

私の自宅の近くに、小さいながらも景色の良い神社があるんですよ。けど景色がいいのは、高台にあってけっこうな階段を上る、もしくは急な坂道を上る必要があるってことで、どうしても足が向かないのよね……。階段を回避して車で上るルートもあるにはあるんだけど、階段を上るのが結局近道なのです。

それでもせっかくのご近所さんなんだし、この神社にこれから毎日お参りして愛着を持とう！

それに毎日階段を上れば筋トレにもなって、足腰が鍛えられて健康にもいい！　ってなことで、「毎日この神社に通う」っていうのを目標にしたんです。

今のところまだ目標を決めてから日が浅いのですが、心折れることなく階段を上っています。

ちなみにお参りする際のお賽銭《さいせん》はね、良いことがあった時にあげるという「私ルール」を設定しまして。でないとお賽銭ストレスで足が遠のきそうで、それはなんだか違うし、そもそもお賽銭は気持ちなんだしね。

けど不思議なもので、その神社に行ってちょっと手を合わせて「よろしく」ってするだけなのに、たまにちょっとしたことでムシャクシャしている時であっても、不思議とスーッと気持ちが穏やかになるんですよ。なんとも不思議な神社マジックですが、これはストレス管理とかメンタル維持とかになかなかいい。

それに小さな神社だけど、私が毎日だいたい同じ時間にお参りすると、三日に一度くらい誰かしらと遭遇するんですよ。遠回りして車で来る人も多いですけど、ご高齢の方が階段をえっちらおっちらと上ってきていらっしゃる。なんだか「階段メンドイ」とか思って足が向かなかった自分が、すごく小さな人間に思えてきたよ……！

よし、これからは心を新たに、でっかい私になるぞ！

そんなこんなな近況でしたが。

最後に、今巻もまたまた素敵で楽しいイラストを描いてくださったしのとうこ様に大感謝です！コミックス版を描いてくださっているshoyu様も、元気で食いしん坊な雨妹さんをありがとうございます！

それでは皆様、「百花宮のお掃除係」九巻で会える日が、できるだけ近くなるように頑張ります！

お便りはこちらまで

〒102－8177
カドカワBOOKS編集部　気付
黒辺あゆみ（様）宛
しのとうこ（様）宛

カドカワBOOKS

百花宮《ひゃっかきゅう》のお掃除係《そうじがかり》 8
転生《てんせい》した新米宮女《しんまいきゅうじょ》、後宮《こうきゅう》のお悩《なや》み解決《かいけつ》します。

2023年3月10日　初版発行

著者／黒辺《くろべ》あゆみ

発行者／山下直久

発行／株式会社KADOKAWA

〒102-8177
東京都千代田区富士見2-13-3
電話／0570-002-301（ナビダイヤル）

編集／カドカワBOOKS編集部

印刷所／大日本印刷

製本所／大日本印刷

ISBN 978-4-04-074892-4 C0093

新文芸宣言

かつて「知」と「美」は特権階級の所有物でした。

15世紀、グーテンベルクが発明した活版印刷技術は、特権階級から「知」と「美」を解放し、ルネサンスや宗教改革を導きました。市民革命や産業革命も、大衆に「知」と「美」が広まらなければ起こりえませんでした。人間は、本を読むことにより、自由と平等を獲得していったのです。

21世紀、インターネット技術により、第二の「知」と「美」の解放が起こりました。一部の選ばれた才能を持つ者だけが文章や絵、映像を発表できる時代は終わり、誰もがネット上で自己表現を出来る時代がやってきました。

UGC（ユーザージェネレイテッドコンテンツ）の波は、今世界を席巻しています。UGCから生まれた小説は、一般大衆からの批評を取り込みながら内容を充実させて行きます。受け手と送り手の情報の交換によって、UGCは量的な評価を獲得し、爆発的にその数を増やしているのです。

こうしたUGCから生まれた小説群を、私たちは「新文芸」と名付けました。

新文芸は、インターネットによる新しい「知」と「美」の形です。

2015年10月10日
井上伸一郎

「戦うイケメン」
中編コンテスト
受賞作！
化物どもは王宮ごと
燃やし尽くすのが
一番だ！

第7回カクヨム
Web小説コンテスト
キャラクター文芸部門
特別賞
天空の異世界
Otherworldly Bistro in the Sky
ビストロ店
～看板娘ソラノが
美味しい幸せ届けます～
冒険者に
貴族に獣人――
皆が集まる話題の
ビストロの立役者は
日本人!?
佐倉涼 画 すざく
カドカワBOOKS

カドカワBOOKS
あなたを癒やすのは
どの香り？
型破りの医術が宮廷に
新たな風を呼び込む！
中村颯希先生、感嘆！
（『白豚妃再来伝　後宮も二度目なら』富士見Ｌ文庫）
自力で居場所を掴んでいく女の子って、どうしてこんなに眩しいんだろう。
素顔を隠し、期待する心も手放してしまっていた彼女ですが、その手に宿した能力と負けん気の強さを発揮し、居場所を勝ち取っていく姿は、清々しいの一言です。
彼女の奮闘する姿は、きっと柑橘の香りのように爽やかな風を、読者の心に吹き込んでくれるのではないでしょうか。